Anonymous

Georg Friderich Händels Lebensbeschreibung

Nebst einem Verzeichniss seiner Ausübungswerke und deren Beurteilung

Anonymous

Georg Friderich Händels Lebensbeschreibung
Nebst einem Verzeichniss seiner Ausübungswerke und deren Beurteilung

ISBN/EAN: 9783743362895

Hergestellt in Europa, USA, Kanada, Australien, Japan

Cover: Foto ©Raphael Reischuk / pixelio.de

Manufactured and distributed by brebook publishing software (www.brebook.com)

Anonymous

Georg Friderich Händels Lebensbeschreibung

Anno ætat:56.

Georg Friderich Händels

Lebensbeschreibung,

nebst einem

Verzeichnisse seiner Ausübungswerke

und

deren Beurtheilung;

übersetzet,

auch mit einigen Anmerkungen,

absonderlich über den hamburgischen Artikel,

verfehen

vom

Legations-Rath Mattheson.

Untwisting all the Chains that tie
The hidden Soul of Harmony.
Milton.

Er kann der Harmonie verdeckte Seele finden:
Was sie gebunden hält, das muß
vor ihm verschwinden.

Hamburg,
Auf Kosten des Übersetzers. 1761.

*L*a Musique plait naturellement à l'homme, parce que son ame est divine & simple, & parce que toutes les créatures étant contenuës éminement en son essence, comme autant de voix réunies & accordées, elle n'est autre chose qu'un Ordre parfait & qu'une harmonie véritable. Si la Musique n'est pas au rang des êtres spirituels, elle n'en est pas beaucoup éloignée. Pimante * l'appelloit un miroir, qui sert aux esprits pour se connoître. C'est en effet une belle parole de St. Augustin, que Dieu voit dans elle quelque chose de la beauté de nôtre ame, & que nous y voyons quelque chose de la beauté de Dieu. Au moins elle nous élève à Dieu, & elle l'attire à nous; & il se fait comme une approche de l'un à l'autre, quand nous sentons ce plaisir, ou ce je ne sai quoi, que nous appellons charmant & divin.

Voyez la Suite des Conseils de la Sagesse de Salomon, Eccles. 2. Feci mihi Cantores & Cantatrices, delicias filiorum hominum. *Paris, 8vo,* 1704.

Panegyricks are frequently ridiculous, let them be addressed where they will.

Tatler No. 92.

Hier wird keine neue Zeitung überſetzt, die ſich heute leſen, und morgen verwerfen läßt. Es ſoll ein Werk der Ewigkeit ſeyn, ſo wie es denn auch beſchaffen ſeyn mag; nicht ſowol der Perſon, als der Sache halber.

Der bekannte Hauslehrer will berühmte Leute loben. Leute hin, Leute her! war nicht Jedidja auch einer von den berühmten Leuten? Wir preiſen ihre löbliche Verrichtungen vielmehr, als ihre Perſonen. Thaten müſſen es ſeyn, die Ruhm erfordern: denn von dem erſten Weltherrn an, bis auf den itzigen doppelten Macedonier, iſt noch kein einziges angeneh-

mes

mes Geſicht, ohne ſalomoniſche Schönpfläſter-
lein, erfunden worden.

Wer das Werk lobet, der lobet auch den
Meiſter: ja, das Werk ſelbſt lobet oder tadelt
ihn; ohne ſein Zuthun. Aus ihren Früchten
ſollt ihr ſie erkennen. Perſonen können ſich
verſtellen; Werke nicht. Daher begehet derjenige eine zweyfache Sünde, der einen weltkün-
digen, verdienſtlichen Mann tadelt: weil er
zugleich deſſen Künſte und nützlich angewandte
Wiſſenſchaften auch mittadelt. Sie ſind eigentlich unzertrennlich.

Jemands Leben zu beſchreiben iſt nicht genug,
den Mann nur als einen Künſtler vorzuſtellen;
es muß vielmehr auch der Künſtler als ein
Mann betrachtet werden: denn in ſolcher Ei-
genſchaft ſind die rechten Werke zu finden.

Wir alle aber können und wiſſen doch nicht
Alles. Und nur muſikaliſch zu reden, thut es
z. E. Einer dem Andern etwa auf dem Pedal;
der Andre wiederum dem Erſten auf dem Flügel
zuvor ꝛc. Ein Unterſchied, der theils grob,
theils fein heiſſen mag: das Erſte für Kenner;
das Letzte für jedermann.

Ein Trupp Künſtler, ja, wenns nur Trup-
pen gäbe, iſt wie ein Bund allerhand Schlüſſel.
Keiner von dieſen iſt vor andern lobenswerth,
als nur ſo fern derſelbe ein beträchtliches Schloß
öffnet, das etwas Schätzbares einſchlieſſet.
Einer kann bey ſeinem Spielen auch Singen;
der Andre thut den Mund dazu nicht auf; auch
nicht einmal zum Lachen. Jener ſtellt bey ſeiner

ner Setzkunst, bey seinem Singen, Spielen und Tanzen, eine Hauptperson auf der Schaubühne vor; dieser hat bey einer Menge Partituren sich wohl gehütet, das Theater zu betreten. Es würde auch poßierlich genug ausgesehen haben. Hier arbeitet einer, nebst diesen und verschiedenen andern Wissenschaften, auf erhabenere Art, auch zugleich für Könige und Fürsten; dort braucht einer seine Gaben vornehmlich zum Dienst und Wohlgefallen der Unterthanen.

Hieraus erhellet, daß ein jeder, nach seiner Art, zwar Ruhm und Preis verdienet; aber nicht eigentlich wegen seiner Person; sondern wegen seiner Verrichtungen. Man kann zwar auch einen Menschen loben, ohne seiner Werke dabey zu gedenken. Z. E. daß er ein mächtiger Prinz, und kein Tyrann; daß er schön sey, ohne sich damit zu brüsten; daß er reich, und vom Geitz nichts wisse rc. Wenn wir aber eine Tugend gerades Weges rühmen, so kann es unmöglich fehlen, ihr Besitzer muß nothwendig darunter begriffen seyn. Wer, aus Kraft des Glaubens, seines Sohnes nicht schonet; wenn Einer Tausend, der Andre Zehntausend schlägt; wenn Klugheit allein auch einen Bucephalus regieren kann; wenn jemand seines grössesten Feindes Tod beweinet: denke ich gleich an oder auf Abraham, auf Saul, auf David, auf Alexander und auf Cäsar.

Sehen wir hiebey nun die panegyrischen Nachrichten unsers Originals an, so lauffet dieselbe so bunt, theils erhaben, theils erniedriger, driget, unter einander, daß man die eigentlichen Quellen, woraus dieses oder jenes geschöpfet worden, da sie weder richtig noch rein sind, unmöglich entdecken kann; es betreffe Mann oder Macht, Ziel oder Zeit. Indessen bleibt doch der Verfasser immer sehr treuherzig bey dem Lobe der Person; es koste auch deren Vertheidigung, was sie wolle: und er thut am Besten daran. Etwas zu viel, in diesem Fall, ist ihm allezeit rathsamer, als zu wenig. Und wenn er gleich bisweilen eine ihm verhaßte Wahrheit zu sagen nicht umhin kann; weiß er sie doch so artig zu bemänteln, daß wir des Unanständigen kaum halb. gewahr werden. Nichts fehlt hier so sehr, als nur die grosse Kleinigkeit: Soli Deo! von, in und auf welchem jedoch Alles entstehet, stehet und bestehet. Viele schreiben hergegen Alles ihren eignen Künsten, oder einer erdichteten Begeisterung und Eingebung, ja, gar einer Erleuchtung zu.

Ausdrückliche theologische Sachen ausgenommen, die ihr Oportet an der Stirne führen, sind doch die meisten Schriften heutiges Tages nach dem Muster des Buches Esther gemacht: darinn viel Judenzens; Gottes Name aber gar nicht befindlich ist. Wäre solches auch gleich mit der überhandnehmenden Galanterie zu entschuldigen; so sollte man doch in Lebensbeschreibungen allemal der Sache mehr und vorzüglich ihr Recht thun, als der Person. O Mensch! was hast du, das du nicht empfangen hättest. Denn wenn einer auch aller Welt Opern,

Dra-

Oratorien, Serenaten ꝛc. zum Dienste des
höchsten Adels machte, ist doch damit der
Dienst des Allerhöchsten noch lange so nicht
versehen, wie sichs gebüret. Was auch etwa
in Kirchen und Privatkapellen oder Concerten,
bey einem feyerlichen Friedensschlusse, bey einer Krönung, bey einer majestätischen Beerdi-
dung, mit geheiligten Texten, vorkommt, geschie-
het nur gelegentlich, und leider! mehrentheils
in ganz andern, als erbaulichen Absichten: einer
Seits zur Pracht, zum Staat, zu weltlichen und
politischen Ehren; andrer Seits aber zum hand-
greiflichen Gewinn und eitlen Ruhm. Ist es
erlaubt, Luthern anzuführen, der wahrhaftig
kein Scheinheiliger war, so bestehet seine und
meine herzliche Meynung kürzlich in folgendem
Wunsche: Ich wollte, sagte er, alle Künste,
sonderlich die Musik, gerne sehen im Dienste
deß, der sie gegeben und geschaffen hat. Da
sind die triftigsten Bewegungsgründe, warum
bey solchen, ja fast bey allen Vorfällen in dieser
Welt, vielmehr auf das Thun, und dessen in-
nerlichen Zweck, als auf den Thäter gesehen
werden muß.

Daß übrigens unser rednerische Fuhrmann
aus London, der vieleicht von poetischer Art, und
zum Geschichtschreiber desto weniger aufgelegt
ist, sehr oft aus der Gleise fährt, gestehet er
zwar hin und wieder selber: Man würde es ihm
auch zu gute halten, wenn er nicht über Hals
und Kopf die vorigen Spuren wieder suchte,
und keine solche Dinge vorbrächte, die gar nicht

　　　　　zur

zur Sache gehören; wenn er nicht auf grosse
und kleine, unter der Hand, stichelte, ja selbst
öffentlich keiner Lilienkrone schonete. In bio-
graphischen, chronologischen, geographischen,
genealogischen und politischen Dingen giebt es
bey ihm Fehler genug; absonderlich stehen solche merkliche Übersichten im Artikel von Hamburg, daß sich ein bescheidener Dolmetscher,
ohne eignen Nachtheil, unmöglich entbrechen
kann, etwas dagegen zu erinnern. Wenn auch
andre Geschichtschreiber ihren Vortrag, durch
gezwungene Kürze, verdunkeln; so thut es dieser durch Weitläuffigkeit, hochtrabende Worte
und schwülstige Redensarten, die den Leser und
Übersetzer von Herzen ermüden. Alles jedoch
ohne Noth und ohn Erfordern, am unrechten
Ort. Der so genannte grammatische Hund
schreibt uns, wegen des historischen Stils,
ganz andre und trefliche Regeln vor, die allerdings gelten müssen, und auch, ohne Ansehen seiner übrigen Persönlichkeit, lobenswerth
sind. *

Unsre Sorgfalt ist, schon über ein halbes
Jahrhundert, aller andern wichtiger vermeyn-
ten Beschäftigungen ungeachtet, auf die höchst-
benöthigte Beförderung, rechtschaffene Aufnam
und Verehrung der Tonkunst beständig und
ernstlich gerichtet gewesen: das heißt auch noch
immer-

* Vid. *Casp. Scioppii* Judicium de stilo historico, prae-
cipue quoad *Taciti* obscuritatem, a pag. 8. usque
ad 45. *Sorae* 1658.

immerhin unſer geliebter Zweck; ſonſt wåren wir mit gegenwårtiger Arbeit, aus mehr, als einer Urſache, gern verſchonet blieben. Es iſt aber, bey dieſem Vorſaß, bisweilen anderwårts nöthig geweſen, den Stümpern ſcharf einzureden : damit ihre Menge nicht alles verderbe, was wenige Virtuoſen noch gut machen. Man wird ihnen vielleicht bald ein Paar ſtarke Nüſſe aufzubeiſſen, doch nur einmal für allemal, recht tüchtig vorlegen; ohne ihre unwerthe Namen zu nennen: damit ſie ſich in ihren Finſterniſſen nicht klug dünken laſſen ; noch Vortheil oder falſche Ehre darinn ſuchen, als würden ſie etwa für ſtreitbare Helden und Mitbuler der Federfechter gehalten. Hergegen haben wir auch dasjenige Lob, dadurch man nicht bloß der Perſonen Eigenſchaften und beſondre Verdienſte, ſondern hauptſåchlich die Vortreflichkeit und den Nußen einer tugendhaften, zum löblichen Ende angewandten Sache, mit geziemenden Ruhm erhebet, ſo wenig vergeſſen, daß demjenigen, der ihn in der That, ohne Schmeicheley, mit Beſtand der Wahrheit, zur Belohnung edler Verrichtungen, ohne ſich groß zu halten, wirklich verdienet, derſelbe Ruhm herzlich gern ertheilet, und nie weder verſaget worden iſt, noch jemals verſaget werden ſoll, kann und mag.

Iſt denn etwa ein Lob, dem denket nach! Ziehet das Werk und deſſen aufrichtige Abſicht der Perſon allemal vor. Dahin zielen obige Worte des Tatlers, und das iſt unſere neuſcheinenscheinende, aber ziemlich alte, richtige Meynung: die wir übrigens gar nicht von denen sind, welche den Heiligen die Füsse abbeissen. Vor allen aber schämet euch des unmittelbaren göttlichen Lobes nicht; erhebt es über den Eigennutz und über alle Gewinnsucht; damit euch auch in Ewigkeit Lob wiederfahre: denn eure Werke folgen euch nach; der Höchste merket auf alle eure, im Glauben vollbrachte Werke, und siehet (wie die Schrift siebenmal sagt) keine Person an, die nur Staub, Erde und Asche ist, eben wie

Der Übersetzer.

Form eines unübertriebenen Vorzugs und Wunders.

Kein blosser Musicus practicus ecclesiastico - dramaticus, als Kapellmeister im hohen, und Organist im höchsten Grad, der weder Sänger noch Acteur, am wenigsten aber ein Meßkünstler gewesen, hat es jemals in der Welt, vor Händel, dahin gebracht, daß, ohne sein Zuthun, ein besondres eigenes Buch, ansehnlicher Auflage, von seinem Leben geschrieben, mit sehr lehrreicher Beurtheilung versehen, und noch dazu, durch einen eben nicht gemeinen Kunstverwandten, aus einer Sprache in die andre übersetzet worden wäre. Wettlauffende Nachfolger! lasset euch diese antreibende Sporne nicht wehe thun.

Lebens

Lebenslauff

von

G. F. Händel.

Georg Friderich Händel ist am 24sten Hornung 1684, zu Halle, einer in Obersachsen belegenen Stadt, aus zwoter Ehe seines Vaters gebohren, welcher daselbst ein wohlangesehener Wundarzt, und zu der Zeit schon über 60 Jahr alt war. * Derselbe hatte auch eine Tochter von dieser letzten Frauen, zu welcher unser Händel allemal eine besondre Gewogenheit trug, und seiner Nichte, als ihrer Tochter, die noch im Leben ist, den grössesten Theil seines beträchtlichen Vermögens hinterlassen hat.

Er hatte noch das siebende Jahr nicht erreichet, als er sich mit seinem Vater an den weis-

sen

---

* Der Verfasser nennet Halle eine Stadt in Obersachsen mit Unrecht: denn sie liegt im Herzogthum Magdeburg, welches zu Niedersachsen gehöret. Folglich ist Händel eigentlich kein Ober- sondern vielmehr ein Niedersachse gewesen.

senfelsischen Hof begab. Das heftige Verlangen, seinen Halbbruder allda zu besuchen, der
ihn an Alter viel übertraff, von der ersten Ehe,
und des Herzogs Kammerdiener war, trieb ihn
dazu an. Der Vater hätte ihn lieber zu Hause
gelassen, und fuhr hinweg, ohne ihn mitzuneh-
men: weil sich seine Gegenwart dabey nicht schicken würde, da der Arzt nur, in Verrichtungen
seines Berufs, zum Fürsten gefordert worden.
Der Knabe fand, daß sein Bitten und Flehen
umsonst war, nahm daher seine Zuflucht zu dem
einzigen ihm überbliebenen Mittel, und beobach-
tete die Zeit, da sein Vater abfuhr, verbarg
sein Vorhaben, und folgte dem Wagen zu Fusse
nach. Vermuthlich hielten die bösen Wege, oder
ein andrer Zufall, das Fuhrwerk etwas auf, so
daß es der Sohn noch einholte, ehe es weit entfernet war. Den Vater befremdete diese Kühn-
heit, und er schien über solchem Eigensinn so mis-
vergnügt, daß er kaum wuste, was er hiebey
thun sollte. Er frug also: Wie habt ihr euch
dieses unterfangen dürfen, nachdem es euch so
ernstlich untersaget worden? Statt der Antwort
aber, erneuerte der Knabe sein dringendes An-
suchen, und brauchte dazu solche bewegende Reden, daß er endlich aufgenommen und nach Hofe
gebracht ward, allwo er ein unsägliches Vergnügen spüren ließ, seinen besagten Bruder, den er
noch niemals gesehen hatte, in Gesundheit anzutreffen.

　　　　　　　　　　　　　Dieses

Dieses war aber nicht das erste Exempel, mit welchem es dem Vater mislunge, den Neigungen seines Sohnes gehörigen Einhalt zu thun. Es erfordert eine weitere Erklärung, ehe wir berichten können, was hernach am weissenfelsischen Hofe vorgefallen ist.

Von Kindesbeinen an hatte dieser Händel eine solche ungemeine Lust zur Musik bezeiget, daß sein Vater, der ihn sonst zum Juristen bestimmet hatte, darüber in Unruhe gerieth. Als er aber nun merkte, daß dieser Trieb sich je länger je mehr äusserte, wurden alle Mittel vorgekehret, demselben zu widerstehen. Fürs Erste verbot er ihm nachdrücklichst, sich mit keinerley Art musikalischer Instrumente abzugeben, ja, es durfte nichts dergleichen ins Haus kommen, und ihm ward auch nicht einmal zugestanden, irgendwo hinzugehen, da er so was antreffen konnte. Dem ungeachtet vermehrten alle diese Fürsorge und Mühe nur des Knabens Liebe zur Tonkunst, anstatt solche zu dämpfen.

Er hatte nehmlich Mittel gefunden, ein kleines Klavicordium ganz heimlich ins Haus zu bringen, und unter dem Dache hinzustellen. So bald sich nun jedermann zur Ruhe begeben, schlich er hinauf zu seinem Spielwerk: denn er hatte schon vorher, ehe es ihm verboten worden, etwas weniges in der Musik erlernet, und brachte es hernach, durch seine nächtliche Übungen, zu einer Fertigkeit, die zwar damals in keine son-

derli-

derliche Beobachtung kam; doch aber ein gewiß=
ser Vorbote seiner künftigen Geschicklichkeit war.

Und hier besorge ich eben nicht, meinem Leser
zu misfallen, wenn ich ihn dergleichen wunder=
barer Beschaffenheit erinnere, die sich, in ziem=
licher Ähnlichkeit, zwischen Pascals und Hän=
dels jugendlichen Jahren befindet; so wie die
Schwester des Erstgenannten solche an ihrem
Bruder beschrieben hat *. Dem Triebe des ei=
nen zur Meßkunst, und des andern zur Musik,
war nichts zu vergleichen. Als Kinder thaten
sie es schon den Alten zuvor; sie setzten ihren Fleiß
nicht nur ohne Beystand, sondern auch mit äus=
serstem Widerwillen ihrer Eltern, getrost fort, und
boten aller nur ersinnlichen Gegenwehr Trotz.

Wir haben unsern kleinen Reisemann mit sei=
nem Vater so eben am Hofe des Herzogs von
Weissenfels verlassen; daselbst war es aber nicht
so leicht, ihn vom Klavir zu enthalten, als in
Halle: indem der Arzt wol was anders zu thun
hatte, als daß er seinen Sohn, wie zu Hause
geschehen, immer vor Augen haben sollte. Doch
entdeckte er auch dort seinen guten Freunden, wel=
chergestalt der Knabe so gar sehr auf die Tonkunst
erpicht sey, daß man ihn bisher mit der größe=
sten Sorgfalt davon abzukehren nicht vermögend
gewesen. Man könne, sagte er, leicht vorher=
sehen,

---

* Dem Tycho Brahe, und dem Übersetzer dieser Ge=
schichte ist es, einem jeden nach seiner Art, fast
eben so ergangen.

sehen, wenn seine Neigung nicht bald unterdrückt würde, daß ihm dieselbe allen Fortgang
in derjenigen Wissenschaft abschneiden müste, dazu er bestimmet sey, und daß eben dadurch der
ganze Plan seiner Erziehung ins Stecken gerathen werde. Jedermann gab dieses zwar zu, im
Fall man nothwendig auf dem Vorsatz beharrete,
den Knaben zur Rechtsgelehrsamkeit anzuführen;
allein viele zweifelten daran, daß es der Klugheit gemäß sey. Man führte an, wo sich die
Natur so stark erklärte, da würde der Wider-
stand nicht nur fruchtlos, sondern mit Schaden
ablauffen. Einige hielten dafür, daß die Sache,
allen Umständen nach, schon zu weit gekommen,
und ihr nicht mehr zu helfen sey; man müste ihm
denn, um seinem Spielen ein Ende zu machen,
die Finger gar abschneiden. Andre wandten hergegen ein: es wäre Schade, wenn man ihm
das geringste in den Weg legte. So lauteten
die Meynungen der guten Freunde des Vaters,
wegen seines Sohnes. Es scheinet aber nicht,
daß dieselben was Sonderliches bewirket hätten:
denn ein blosser Zufall that viel mehr, und hub
ihr ganzes Gewicht und Ansehen auf einmal auf.

Es begab sich, da der kleine Händel, nach
geendigtem Gottesdienste, sich zum Ausgange
auf der Orgel hören ließ, daß der Herzog eben
in der Kirche zugegen war. Die Art zu spielen
erweckte seine Aufmerksamkeit dergestalt, daß er,
bey der Wiederkehr aus der Kapelle, seinen Kam-

merdie-

merdiener frug, wer es gewesen, der sich auf der
Orgel so wohl gehalten hätte? und erhielt zur
Antwort: Sein Bruder habe solches gethan.
Hierauf ließ ihn der Herzog rufen. Er erschien.
Und nachdem Ihro Durchl. sich bey ihm nach allem erkundiget, was ein Herr, der Verstand
und Geschmack besitzet, natürlicher Weise erfordern kann, sagten sie zum Vater: Es müsse zwar
ein jeder am besten wissen, wozu er seine Kinder
anführen wolle: allein, meines Erachtens, fuhr
der Herr fort, wäre es eine Sünde wider das
gemeine Beste und die Nachkommen, wenn man
die Welt eines solchen anwachsenden Geistes gleich
in der Jugend beraubte.

Dieser Vorstellung ungeachtet, blieb der Alte
dennoch, im Artikel der Rechtsgelehrsamkeit, bey
seinem gefaßten Vorurtheil. Und ob er gleich
überzeuget war, daß es fast nothwendig sey, dem
Sohne nachzugeben, auch dazu seine Schuldigkeit erforderte, dem Rath und Ansehn des Herzogs Folge zu leisten; geschah es doch nicht ohne
grössesten Widerwillen, daß er seinen Schluß
änderte. Die Erwegung der Güte des Fürsten,
indem derselbe dem Sohn die Gnade des Auf-
merkens erwiese, und Sr. Durchl. eigne Meynung von besserer Erziehungsart, hielten den guten Arzt doch noch nicht ab, dem Herzoge vorzustellen: daß, ob gleich die Musik eine artige
Kunst und ein hübscher Zeitvertreib sey, dieselbe
dennoch, wenn sie als eines Menschen Haupt-
werk

werk betrachtet würde, deswegen nur geringerer
Würde wäre, weil sie blosserdings zu nichts anders, als zur Belustigung und Ergetzlichkeit,
diene; und was auch immer der Sohn für einen
hohen Grad in solcher Kunst erlangen mögte, sey
doch, nach seinen Gedanken, auch ein geringerer Grad in vielen andern Wissenschaften jenem
billig vorzuziehen.

Der Herzog konnte der Meynung seines Arztes,
die er so handwerksmäßig von der Musik hegte,
destoweniger beypflichten, je mehr dieselbe ver-
kleinerlich und niederträchtig ausfiel, in Erwegung: daß ein jeder vortreflicher Mann, er sey
in diesem oder jenem Stande, allemal großer Ehren werth ist. Und was den Nutzen oder Gewinn beträffe, sagte der Herzog, so würde derselbe viel leichter erhalten werden, wenn man
der Natur und Vorsehung folgte, die bereits
dazu die Bahne brächen; als wenn man einen
zwünge, andre Wege zu erwählen, zu welchen
er keine Neigung, sondern vielmehr großen Ab-
scheu davor trüge. Endlich schloß der Prinz,
daß er weit davon entfernet sey, das musikalische
Studium, mit Ausschliessung des bürgerlichen
Rechtes und der Sprachen, jemand anzupreisen,
im Fall es möglich sey, dieselbe miteinander glücklich zu verbinden; was er wünsche, ziele nur dahin, daß den Kindern nicht zu nahe geschähe,
keine Gewalt gegen dieselben gebraucht, und absonderlich gegenwärtigem Knaben die Freyheit

gelas-

gelassen würde, dem natürlichen Hange seines
Geistes zu folgen; es treibe ihn auch derselbe zu
welchem guten Zwecke er immer wolle.

Die Augen des Sohnes waren bey dieser Un:
terredung stets auf seinen mächtigen Fürsprecher
gerichtet, und seine Ohren waren nicht weniger
aufgethan und gefüllet, in Erwartung des Ein:
drucks, welchen des Prinzen Worte im Gemüthe
seines Vaters hervorbringen würden. Der Aus:
gang war endlich dieser, daß nicht nur die Mu:
sik geduldet, sondern auch ein Lehrer derselben
gebraucht werden sollte, der, bey des Knabens
Zurückkunft in Halle, demselben hierunter allen
Beystand und gute Anweisung leistete: dazu denn
auch, bey der Abreise, der Herzog dem Sohne
die Taschen mit Gelde füllte, und in aller Freund:
lichkeit zu ihm sagte; wenn er fleißig seyn würde,
sollte es an Aufmunterung nicht fehlen.

Die große Höflichkeit, so ihm in Weissenfels
erwiesen worden, der glückliche Ausgang, wel:
chen oberwehnte Unterredung gewonnen, inson:
derheit aber die gnädige und freygebige Beur:
laubung, welche der Knabe von Sr. Durchl. er:
halten, lagen ihm so oft im Sinn, daß sie seinen
angebohrnen Eifer sehr anreizten, und den ein:
gepflanzten natürlichen Ehrgeiz, welchen er schon
so frühzeitig blicken ließ, je länger je mehr er:
hitzten.

Das erste demnach, das der Vater bey seiner
Heimkunft vornahm, bestund darinn, daß er
                                                 dem

dem Zackaw,* einem Organisten an der hälli-
schen Domkirche, seinen Sohn übergab. Der
Mann war sehr stark in seiner Kunst, und besaß
eben so viel Geschicklichkeit, als guten Willen, einem Untergebenen grosser Hoffnung alles Recht
wiederfahren zu lassen. Händel stund ihm dermaassen wohl an, daß er ihm nimmer Liebes und
Gutes genug erweisen zu können vermeynte.
Seine Bemühung ging gleich Anfangs dahin, ihm
die Grundsätze der Harmonie beyzubringen. Hiernächst wandte er seine Gedanken auf die Erfin-
dungskunst, solche in bessern Stand zu setzen, und
seinem Untergebenen einen auserlesenen Geschmack
beyzubringen. Zachau besaß eine ansehnliche
Sammlung italienischer und deutscher Musikalien. Er zeigte dem Händel die mannigfältige
Schreib- und Setzarten verschiedener Völker,
nebst eines jeden besondern Verfassers Vorzügen
und Mängeln. Und damit er auch eben sowol
in der Ausübung, als in der Beschaulichkeit, zunehmen mögte, schrieb er ihm öfters gewisse Auf-
gaben vor, solche auszuarbeiten; ließ ihn oft ra-
re Sachen abschreiben, damit er ihres gleichen
nicht nur spielen, sondern auch setzen lernete.
Solchemnach fand unser Lehrling mehr Arbeit
und grössere Erfahrung, als sonst gemeiniglich ein
anderer bey seiner Jugend zu haben pflegt.

A 5   Zachau

* Friederich Wilhelm Zachau, nicht Zackaw, ein
Leipziger von Geburt, und treflicher Organist in
Halle, starb daselbst 1721.

Zachau wuste sich nicht wenig mit diesem Untergebenen, der schon anfing die Aufmerksamkeit der Liebhaber um Halle herum auf sich zu ziehen, da sie mehrentheils seinentwegen hinkamen. Der gute Organist war auch froh, einen solchen Gehülfen zu haben, dessen ungemeine Gaben ihn fähig machten, des Meisters Stelle zu vertreten, wenn derselbe etwa abwesend seyn würde: denn das begab sich sehr oft, weil dieser eine gute Gesellschaft und ein volles Glas lieb hatte.* Es klingt wol etwas seltsam, von einem siebenjährigen Substituten zu reden: denn älter konnte er nicht seyn, wo er es noch in der That gewesen, zur Zeit, da er seinem Lehrherrn anvertrauet worden.** Allein es wird noch seltsamer lauten, daß er im neunten Jahre schon angefangen, Kirchenstücke mit Stimmen und Instrumenten zu setzen, und hernach wöchentlich damit 4 Jahre herdurch fortzufahren. Doch müssen wir auch nicht vergessen, daß er schon vorher zu Hause ein und anders gefaßt, ehe sein Vater sich darüber entrüstet, und ihm den Gebrauch musikalischer Werkzeuge

---

* Hätte denn nicht Händels Leben gut genug beschrieben werden können, ohne diesen braven Tonkünstler, Zachau, 40 Jahr nach seinem Tode, wegen eines Glases Weins, zu beschimpfen?

** Daß sich der Verfasser dieser Geschichtserzehlung nicht das geringste Gewissen gemacht habe, die handgreiflichsten Anachronismos zu begehen, um seinen Held allzeit je länger je jünger zu machen, wird aus der Folge beweislich erhellen.

zeuge untersaget hatte; ferner, daß er sich bey
gestohlnen Stunden auf dem Klavir weiter fort-
geholfen, auch den kurzen Aufenthalt zu Weiß-
senfels sehr wohl genutzet, woselbst er verschiedene Instrumente und mehr Bewunderer gefunden.

Wir haben bereits einiger Gleichförmigkeit in
seinen und Pascals Umständen oder Gemüthsnei-
gungen oben erwehnet. Hier aber mögen wir
noch mit Rechte hinzufügen, daß der letztgenannte schon in seinem zwölften Jahre ein Buch von
den Klängen und ihrer Ausdehnung; im sechs-
zehnten hergegen ein andres von den Kegelschnit-
ten, verfertiget habe. *

Aus den wenigen bisher erzehlten Vorfällen ist
inzwischen leicht abzunehmen, daß Händel sich,
nachdem er einen Organisten zum Lehrer gehabt,
nicht viel um das bürgerliche Recht bekümmert
haben könne. Sein Sinn stund ihm nunmehro
dermaassen nach der Musik, daß sie über alles die
Oberhand behielt, und dem fürstlichen Anrathen
pünktliche Folge leistete. Niemand bemühte sich
mehr, eine Aendrung oder vermeynte Besserung
darinn zu treffen. Die Folge sothaner gänzlichen
Freyheit ließ sich bald dadurch merken, daß der
Schüler den Meister schon übertraff, wie denn
dieser selbst nicht in Abrede war, daß es jener
ihm

* Ich mögte auch wol dabey erinnern, daß er hernach die Mathematik gar an den Nagel gehänget
habe. S. Bayle.

ihm völlig zuvorthäte. Also war Halle nun kein
Ort mehr für einen Jüngling, der sich so löblich
bestrebte. Drey oder vier Jahr herdurch hatte
er alles gethan, was sich bey dortiger Gelegenheit thun ließ; nun aber trieb ihn die Ungedult
an, einen andern und bessern Aufenthalt zu suchen, welcher sich ihm auch endlich darbot. Nach
einiger Überlegung ward Berlin erkohren. An
dem dasigen Hofe hatte er einen Freund und Verwandten, auf dessen Sorgfalt und Gewogenheit
seine Eltern sich verlassen konnten. Im Jahre
1698 ging er also nach Berlin. Die Opern befanden sich daselbst in einem blühenden Zustande,
unter selbsteigner Aufsicht des Königs* von Preussen, Großvatern der itzo regierenden Majestät,**
durch dessen Aufwand an Säugern und Komponisten verschiedene trefliche Leute aus Italien und andern Ländern herbeygezogen wurden. Unter denselben waren insonderheit Buononcini und Attilio, eben diese, welche hernach in England angelangt, wie Händel auch da lebte, und den ersten für ein Haupt der wider ihn gerichteten Ge-
genparten erkennen muste. Diesen Buononcini
hielt

---

* Ao. 1698 war noch kein König in Preussen, er
entstund erst Ao. 1701. Händel hat also keinen
König in Berlin gesehen.
** Daß der Verfasser ein eben so schlechter Genealo-
gus und Politikus, als Chronologus sey, beweiset derselbe damit, daß er den Großvater des
itzigen Königes von Preussen statt Dero Vaters
nimmt, und den damaligen Churfürsten immer
weiterhin zum Könige macht.

hielt man in Berlin, wegen seiner Setzkunst, sehr hoch: denn sie war vermuthlich die beste, welche jemals am preußischen Hofe gehöret worden; allein sein Temperament war dabey so beschaffen, daß er sich gar zu leicht durch Beyfall zum Übermuth verleiten, folglich durch Bewunderung und Lob einnehmen ließ. Ob nun gleich Händel für einen ausserordentlichen Klavirspieler, in seiner Jugend, gehalten ward, sahe ihn doch Buononcini, in Betracht seiner Jahre, auch in der Kunst nur für ein Kind an. Weil aber dennoch andre Leute immer rühmlich von diesem Kinde redeten, fiel jenem Virtuosen ein, die Wahrheit im Grunde zu entdecken; setzte deswegen eigentlich eine Kantate, im chromatischen Geschlechte, durchgehends so schwer, daß auch, seiner Meynung nach, ein grosser Meister beyde Hände voll zu thun haben würde, solchen Aufsatz, ohne vorhergegangene Einsicht und Übung, aus dem Stegereife zu accompagniren. Als er aber fand, daß doch eben derjenige, den er für ein blosses Kind gehalten, diese fürchterliche Komposition nicht nur vor der Faust wegspielte, und als eine Kleinigkeit abfertigte; sondern auch mit einem gewissen Grade der Nettigkeit, des Nachdrucks und der Richtigkeit begleitete, die man kaum von einem sehr geübten, erfahrnen Künstler erwarten konnte; sahe er ihn in einem bessern Lichte an, und redete von ihm aus einem ganz andern Ton.

Atti=

Attilio, (Ariosti) welcher zwar, als Kompo:
nist, dem Buononcini nicht völlig benkam, aber
doch ein besserer Klavirspieler war, wurde, wegen
seines angenehmen Umganges und artigen Be:
tragens, persönlich viel mehr geliebet, als jener.
Seine Gewogenheit gegen Händel brach, ben
dessen ersten Ankunft in Berlin, schon aus, und
währte bis zur Zeit seiner Abreise. Er nahm
ihn oftmals auf den Schooß, und ließ sich so eine
ganze Stunde was vorspielen; hörte ihn mit
Wohlgefallen an, unter Bewunderung der auß:
serordentlichen Fähigkeit eines so jungen Men:
schen, der damals nicht über 13 Jahr alt war,*
wie aus dem Zusammenhange der Geschichte ab:
zunehmen. Des Attilio Leutseligkeit hatte auch
ben Händel ihren Nutzen: denn weil er ihm all:
zeit willkommen war, ließ er keine Gelegenheit
vorbenstreichen, ihn zu besuchen, und von ihm
alles dasjenige zu erlernen, was ihm ein Mann
von des Attilio Alter und Erfahrung anzeigen
oder ihn lehren konnte. Wir würden jedoch dem
Buo:

---

* Ao. 1684 ist er geboren. Ao. 1698 in Berlin an:
gelanget. Wenn auch die verschiedenen Vorfälle
mit Buononcini und Attilio, mit dem Könige
selbst und übrigem Hofe nur für ein Paar Stun:
den, ja für nichts gerechnet würden, so sind das
doch zum wenigsten 14 Jahr. Man sollte fast
denken, er wäre noch nicht viel über 7 Jahr ge:
wesen, wie ihn Ariosti auf seinen Schooß setzte.
“ Dieses ist freylich aus dem Zusammenhange der
“ Geschichte abzunehmen. „

Buononcini Unrecht thun, wenn wir seiner dem
Händel erwiesenen Höflichkeiten gar nicht ge=
dächten; allein diese waren stets mit einer solchen
entferneten Art und einem gewissen Rückhalt be=
gleitet, die den Werth einer Verbindlichkeit eben
dadurch verminderten, da sie denselben zu erhö=
hen suchten. Das geringe Alter desjenigen, den
man sich verbinden wollte, schien ja wol allen
Argwohn eines Nebenbulers und Eifersüchtigen
aufzuheben. Wer noch so jung ist, kann schwer=
lich in dergleichen Verdacht stehen; und dennoch
mögten einigen Leuten solche Besorgungen nicht
gar unerweislich vorkommen, in Erwegung des=
sen, was sich gleichwol hernach zugetragen hat.
Diejenigen, welche gern das Vorhergehende aus
dem Folgenden erklären wollen, mögten hieben
sagen, daß der Feindschaftssame zwischen Buo=
noncini und Händel in Berlin ausgestreuet
worden, und daß dieses Säewerk, ob es gleich
nicht alsobald aufging, ehe sich das Theater ver=
änderte, nur auf Zeit und Gelegenheit gewar=
tet habe.

So viel ist gewiß, daß der kleine Fremdling
nicht lange am berlinischen Hofe gewesen war,
ehe seine Geschicklichkeit zur Kundschaft des Kö=
nigs gelangte, der ihn vielmal holen ließ, und
wohl beschenkte. Es verhält sich in der That al=
so, daß Ihro Majestät, da Sie des Jünglings
Gaben einsahen, und die Gelegenheit, solchen
sonderbaren Geist unter Dero Schutz zu nehmen,
nicht

nicht verlieren wollten, Höchstdieselbe sich ent=
schlossen, seine fernere Erziehung auf eigne Ko=
sten zu besorgen. Das Absehen ging dahin, ihn
unverzüglich nach Italien zu senden, woselbst er
sich die besten Meister zu Nutz machen, und Ge=
legenheit finden würde, alles zu hören und zu se=
hen, was dorten vortreffliches von dieser Art zu
hören und zu sehen ist. So bald solcher Anschlag
seinen Freunden kund gethan wurde, denn er war
noch zu jung, sich selbst darunter zu rathen, be=
redete man sich darüber, um eine Antwort abzu=
fassen, wenn dergleichen Vorhaben ihnen förm=
lich angetragen werden sollte. Viele stunden in
den Gedanken, sein Glück sey schon so gut, als
gemacht, und die Eltern, meynten sie, würden
das königliche Anerbieten mit beyden Händen er=
greiffen. Andere aber, welche die Beschaffen=
heit und das Wesen des berlinischen Hofes ge=
nauer einsahen, trugen darüber mehr Bedenken
und Fürsorge: denn sie wusten wohl, wenn er
sich einmal zu des Königs Diensten verbunden
haben würde, müste er darinn verbleiben, es
mögte ihm nun gefallen, oder nicht. Befände er
sich nun beständig in Gnaden, so würde man ihn
schwerlich erlassen; erweckte er aber nur das ge=
ringste Misfallen, so wäre sein Untergang vor
der Thür. Ein solches Anerbieten, meynten sie,
wenns angenommen würde, wäre schon eben so
viel, als sich förmlich verbinden; und doch halte
es auch schwer, dasselbe mit guter Art auszuschla=
gen.

gen. Zuletzt ward beschlossen, eine Entschuldi=
gung zu erdenken. Wie nun bald darauf des
Königs Begehren dem Vater vorgetragen wurde,
lieff diese Antwort ein: Er müste es zwar allemal mit
der grössesten Ehrerbietigkeit erkennen, daß Ihro
Majestät ein so gar gnädiges Auge auf seinen
Sohn zu schlagen geruhet hätten; weil er, der
Vater, aber selbst nunmehro alt geworden, und
die kurze Zeit über, die er noch etwa zu leben ver=
meynte, den Sohn gern bey sich haben mögte,
so hoffte er, Ihro Majestät würden allergnädigst
verzeihen, daß er diese hohe Gnade in Unterthä=
nigkeit verbäte, die ihm auf königlichen Befehl
angetragen sey.

Ich bin nicht im Stande, dem Leser Nachricht
zu ertheilen, wie diese abschlägige Antwort vom
Könige aufgenommen worden, von dem wir glau=
ben können, daß er dergleichen, absonderlich in
solcher Art Sachen, zu empfangen nicht gewohnt
war. Nunmehro schickte sichs gar nicht, daß
Händel, nach diesem Vorfall, viel länger in Ber=
lin verweilte: weil man daselbst nur seines Va=
ters Betragen desto genauer prüfen und unter=
suchen würde, je mehr sich der Sohn mit seiner
Kunst hervorthäte.

Er ward demnach mit vielen und grossen Höf=
lichkeiten von seinen Freunden aus Berlin entlas=
sen. Zweymal war er nunmehro vom Hause ge=
wesen, und hatte beydemal solche Ehren= und
Achtungszeichen genossen, die sehr selten, auch

wol

wol nimmer einem Menschen seines Alters und
Standes wiederfahren seyn mögen. Nachdem
er nun in Halle angelangt, fing er schon an,
sich selber besser, als vorhin, bewust zu seyn;
seine eigne Vorzüglichkeiten zu erkennen; dem
Triebe zur Nacheiferung und zum Ruhm Raum
zu geben, der ihn nöthigte, die weite Welt zu
sehen, und sein Heil darinn zu versuchen. Die
Bekanntschaft mit den berühmten Meistern in
Berlin hatte ihm ganz neue Wege zu vortreflich
erhabenen Absichten, und zur grössern Vollkommenheit in seiner Kunst angewiesen. Nach der
abschlägigen Antwort, die seine Verwandten
dem Könige von Preussen gegeben hatten, konnte er sich niemals entschliessen, lange zu Hause
zu bleiben: weder als ein Lehrling, noch als ein
Amtsgehülfe seines gewesenen Meisters, Zachau.
Er hatte die Sänger und Komponisten Italiens
so hoch rühmen hören, daß ihm seine Gedanken
gar sehr nach selbigem Lande stunden. Zur Ausführung aber eines solchen Vorhabens gehörte
ein mehr angefüllter Beutel, als den er bisher
im Vorrath hatte; daher blieb es bis auf solche
Zeit ausgesetzt, da dergleichen Reise ohne Gefahr
und Nachtheil unternommen werden konnte.
Weil nun sein Glück dennoch aus der Tonkunst
nothwendig erwachsen sollte, richtete er fürs Erste seine Augen auf einen nicht so gar entferneten
Ort, wo er sich die Zeit zu Nutze machen, und
sowol an Geschicklichkeit, als Erfahrung zunehmen

men mögte. Nächst den berlinischen Opern waren die hamburgischen in grossem Rufe: deswegen ward beschlossen, ihn auf seine eigne Rechnung dahin zu senden; vornehmlich aber zur
grössern Übung. Klüglich wars gehandelt, daß
ihn seine Eltern nicht so frühzeitig, in Absicht
eines Dienstes oder Gewinnes, zu etwas festes
verbinden wollten. Wie viele haben nicht die
schönsten Eigenschaften und Gaben ihrer Kinder
dadurch erstickt, daß sie ihnen diejenige Freyheit
und Unabhängligkeit genommen zu der Zeit, da
solche zu ihrem Vorschub sehr wesentlich war!
Auf diesen Umständen baueten des Händels
Freunde allzeit ihr Vornehmen, so lange er noch
unter ihrer Aufsicht blieb. Und es ist sehr merkwürdig, daß Händel selbst, so bald er sein
eigner Herr ward, eben diese heilsame Regel be-
ständiglich vor Augen hatte: denn, in der Folge seines Lebens schlug er oft das höchste Anerbieten aus, ob es gleich von grossen Standespersonen herkam; auch so gar die schätzbaresten
Winke des schönen Geschlechtes musten einzig
und allein darum versäumet werden, weil er an
nichts Besonders verbunden oder verhafftet seyn
wollte.

Nicht lange nach seiner Zurückkunft aus Berlin starb sein Vater; das war ein Zufall, der
die Einkünfte der Mutter ungemein verminderte.
Damit nun der Sohn ihre Ausgaben nicht noch
beschwerlicher machen mögte, war das erste, was

B 2   er

er nach seiner Ankunft in Hamburg vornahm,
sich einige Scholaren und eine Stelle im Orchester zu verschaffen. Es glückte ihm auch hierinn so
wohl, daß er der Mutter ihren ersten Wechsel
freywillig zurück sandte, und demselben noch ein
kleines Geschenk beyfügte. Wir bemerken hier
billig, daß eben dergleichen Mildigkeit, sowol
in den letzten, als ersten Jahren seines Lebens,
bey ihm Statt fand, und absonderlich für solche
Personen, mit denen er entweder einen natürlichen; oder nur zufälligen Zusammenhang hatte.
Auch begab sichs, nicht lange vor seinem Tode,
daß er, auf erhaltene Nachricht von schlechter
Versorgung der zachauischen Wittwe, selbiger
mehr, als einmal, Gelder übermachte. Er würde ein Gleiches für ihren Sohn gethan haben,
wenn ihm nicht hinterbracht worden wäre, daß
eine solche Beyhülfe demselben Menschen nur
mehr Gelegenheit geben mögte, in seiner üblen
Aufführung fortzufahren.

Ehe wir nun in unsrer Erzehlung weiter gehen, wird nöthig seyn, von den hamburgischen
Opern, ihren Sängerinnen, Sängern und Komponisten einige Nachricht mitzutheilen.

Die vornehmste Sängerinn hieß Conratini,
und der vornehmste Sänger, Mathyson. Der
letzte war Sekretar bey dem Ritter Cyril
Wych, Residenten des großbritannischen Hofes; welcher Händel zum Musikmeister hatte,
und selber ein schönes Klavir spielte. Mathyson

son war kein groſſer Sänger, und ließ ſich nur
gelegentlich hören; aber er war ein guter Acteur,
ein guter Komponiſt in Handſachen, und ein
guter Klaviriſt; ſchrieb auch ſelbſt, und über:
ſetzte verſchiedene Bücher, deren eines, von ſei:
ner eignen Arbeit, die Setzkunſt betrifft. Er
hatte ſich vorgenommen, Händels Leben, viele
Jahre vor deſſen Tode, zu beſchreiben. Wäre
dieſer Vorſatz in die Erfüllung gegangen, ſo hät:
te er manchen Vortheil gehabt, der von uns
nicht gefordert werden kann, nehmlich: weitläuf:
figere und friſchere Materialien; wenigſtens ſo
fern, als ſich das händeliſche Leben damals er:
ſtreckte. Alles, was wir mit unſrer Beſchrei:
bung ſuchen, beſtehet darinn, daß wir eine deut:
liche, ungekünſtelte Nachricht ertheilen von ſol:
chen Umſtänden, die wir zu entdecken fähig ge:
weſen ſind, und zwar eigentlich nur von ſolchen
Vorfällen, die wir auch für glaubwürdig zu hal:
ten Urſache hatten.

   " Dieſe ganze Erzehlung, ſamt allem, was
" von hamburgiſchen Opern noch folget, ſteckt
" ſo voller Irrthümer, daß man kaum her:
" ausfinden kann. Die Conradin (nicht
" Conratine) beſaß eine faſt vollkommene,
" perſönliche Schönheit, und hatte dabey ei:
" ne auſſerordentlich herrliche Stimme, die
" ſich vom bloſſen a, in gleicher Stärke, bis
" ins dreygeſtrichene d erſtreckte. Das mach:
" te ſie zur vornehmſten Sängerinn. Mat:

        "theſon

" theson (nicht Mathyson) informirte diesel=
" be, Jahr aus Jahr ein, d. i. er sang ihr
" täglich alles so lange vor, bis sie es ins Ge=
" dächtniß faßte.   Niemand hieß zu dersel=
" ben Zeit ein grosser Sänger, der kein Ka=
" strat war, deren wir damals noch keinen
" hatten.   Zum Unterricht aber der Con=
" radin würde doch wol eben kein kleiner,
" vielweniger ein Verschnittener gedienet ha=
" ben.   Daß er nur gelegentlich gesungen
" haben sollte, ist lächerlich von einem zu sa=
" gen, der in 15 Jahren nicht vom Theater
" gekommen, und fast allemal die Hauptper=
" son vorgestellet, auch sowol durch ein unge=
" künsteltes Singen, als durch seine Geber=
" dekunst oder Action, welche in allen Sing=
" spielen das Wesentliche ist, bey den Zu=
" schauern bald Furcht und Schrecken, bald
" Thränen, bald Freude und Vergnügen er=
" wecket hat.   Den 9ten Jun. 1703 machte
" er, auf einer Orgel, mit Händel Bekannt=
" schaft, als dieser 19$\frac{1}{4}$, jener aber 21$\frac{1}{4}$ Jahr
" alt war, daß also der Unterschied nur drit=
" tehalb ausmachte.   Sie reiseten mit einan=
" der nach Lübeck den 17 Aug. desselben Jah=
" res, spielten sowol dort, als in Hamburg,
" Orgeln und Klavicimbel gleichsam um die
" Wette, welche Händel auf jener gewann,
" auf diesem aber, eignem Geständniß nach,
" einbüssete; so daß sie Abrede nahmen, ein=
                                          "ander

„ ander nie ins Gehege zu kommen. Haben
„ es auch. 5 bis 6 Jahre treulich gehalten.
„ Den 20ten Octob. führte Mattheson seine
„ fünfte oder sechste Oper auf, Namens
„ Kleopatra, zu welcher, unter seiner Di-
„ rection, Händel das Klavir schlug. Gleich
„ darauf erfolgte am 7 Nov. desselbigen Jah-
„ res ein Beruf vom Herrn Johann Wich,
„ Schildknappen und königlichen großbri-
„ tannischen Abgesandten im Niedersächsischen
„ Kreise, der den Mattheson erst zum In-
„ formator und Hofmeister seines neunjähri-
„ gen Sohnes, Cyrill Wich, bald hernach
„ aber zum wohlbestallten Sekretar, mit
„ dreyhundert Reichsthaler und zweyhundert
„ dito Nebeneinkünften per annum annahm.
„ Das gab scheele Augen, zumal da er dem
„ Theater dabey gute Nacht sagte. Wo nun
„ der Stein einmal auf diese Art gründlich
„ festlag, da wuchs er fast sichtbarlich. Der
„ junge Herr von Wich hatte zwar vorher
„ ein Paar sehr geringe Lectionen von Hän-
„ del genommen; sie wollten aber nicht an-
„ schlagen, und man wandte sich unverzüglich
„ zum Hofmeister, unter dessen Anführung
„ besagter Herr mit der Zeit zu einer grossen
„ Perfection gelangte. Er succedirte auch
„ seinem Vater, nach dessen Absterben, und
„ erlangte 1729 die erbliche Würde eines
„ Ritterbaronets. Mattheson verharrte

B 4   „immer

" immer in königlichen Diensten, war zwölf=
" oder dreyzehnmal Chargé des Affaires, wur=
" de zu wichtigen Verschickungen gebraucht ꝛc.
" wie solches alles in der Ao. 1740. 4to ge=
" druckten Ehrenpforte der länge nach ver=
" zeichnet stehet ; so, daß ganzer 50 Jahre
" darüber zu Ende lieffen, und der hochver=
" diente Herr Baronet endlich auch, nach zu=
" rückgelegter moskowitischen Ambassade, hier
" in Hamburg, das Zeitliche mit dem Ewi=
" gen , am 18 Aug. 1756 , verwechselte.
" Hätte der Verfasser dieser Lebensbeschrei=
" bung die matthesonischen Bücher, und un=
" ter solchen die oberwehnte Ehrenpforte,
" nebst der Critica musica, hieben zu Rathe
" gezogen , da sie publici juris waren , so
" hätte es ihm an richtigern Materialien
" nicht fehlen können. In solcher guten Lage
" verfertigte doch der nicht grosse , doch vor=
" nehmst gewesene Sänger und Hauptacteur
" (principal Singer and Actor) bey allen
" Staatsgeschäfften und dringenden Ausserti=
" gungen im ganzen niedersächsischen Kreise,
" nicht nur eine grosse Menge von Kirchen=
" stücken, Oratorien, Opern, nebst Klavir=
" und andern Instrumentalsachen, die auch
" in England nicht unbekannt seyn können,
" theils als Kapellmeister des Herzogs von
" Holstein, theils als Canonicus & Cantor
" cathedralis Hamburgensis, theils als Di=
                                    " rector

„ rector verschiedener grossen Concerte; son-
„ dern auch bisher, nicht etwa nur Eines,
„ vielmehr bey 86 Bücher, die mehrentheils
„ auf das gründlichste von der Ton- und Sing-
„ gekunst handeln; vermachte darauf endlich
„ der abgebrannten Michaeliskirche etliche
„ vierzig tausend Mark zu einem Orgelwerk,
„ zahlte auch solche Gelder baar vorher aus,
„ und denket noch ein mehres, per codicil-
„ lum, auf verschiedene Art zu thun. Sein
„ in Gottesfurcht geführtes Leben, als Lega-
„ tionsrath des Großfürsten, erstreckt sich
„ nunmehro ins achtzigste Jahr, bey aller
„ Munterkeit und nützlicher Arbeit. Der
„ Wahrheit zu Steuer ist dieses hier ein-
„ gerückt!„

Wir fahren in der Übersetzung weiter fort, da
es denn heisst: Die Conratini war vortreflich
sowol in der Action, als im Singen, und Reysar
(soll Keiser bedeuten) excellirte in der Komposition: weil er aber ein Mann war, der in Freu-
den lebte, und viel aufgehen ließ, gerieth er so
tief in Schulden, daß er unsichtbar werden muste. Zwar wurden auch seine Opern während
Abwesenheit eine Zeitlang aufgeführet; da er sich
aber nicht mehr wollte finden lassen, verlangte
derjenige, welcher bisher das zweyte Klavir geschlagen hatte, daß man ihm nunmehro das erste
unter Händen geben sollte. Diese Anforderung
verursachte einen Streit mit Händel, und ist,

theils

theils wegen der Seltsamkeit, theils auch wegen der Wichtigkeit, der Erzehlung werth.

Ich kann doch aber nicht begreifen, worauf Händel sein Recht zum ersten Flügel gegründet haben sollte. Er hatte nur bisher im Orchester eine Violine gespielet, auf welcher er stark war; ob man gleich wohl wuste, daß er auf dem Klavir noch gröſſere Stärke besaß. Inzwischen war doch der ältere Prätendent dieser Verrichtung sehr wohl gewachsen, und drang auf gehörige Nachfolge. Hergegen hatte Händel nichts anders vor sich, als seine natürliche Überlegenheit, darauf er sich verließ, und nicht weichen wollte. Hieraus entstunden so gar Parteylichkeiten im Opernhause. Einer Seits hieß es aus anscheinender Billigkeit, es sey unrecht und unerhört, einen solchen Jungen, als Händel, seinem viel ältern Kameraden vorzuziehen; andern Theils aber wandte man dagegen ein, und zwar mit nicht geringerem Beyfall: daß die Oper, solcher Kleinigkeiten halber, nicht zurück gesetzet werden müſte; weil man leicht vorher sähe, und aus Keisers Umständen abnähme, daß es bald nöthig seyn würde, sich nach einem neuen Komponisten umzusehen; da es denn Künste erfordere, einen beſſern, als Händeln, anzutreffen, der Keisers Nachfolger seyn könne. Kurz! es wäre, sagten sie, nun so weit gekommen, daß die Frage, wenn man sie recht betrachtete, nicht sowol darinn bestünde, wer die Opern dirigiren

und

und den Táct im Orchester führen, als vielmehr,
obs überall mit den Opern aus seyn sollte?

Diese Gründe erhielten den Vorzug, und derjenige, dem die erste Stelle ordentlicher Weise
gebührte, muste sichs gefallen lassen, seinem auf-
geschossenen Mitwerber Plaß zu machen. Wie
sehr ihm aber diese Beschimpfung zu Herzen gegangen, kann man aus der Art und dem Grade
seiner Ahndung ermessen, welche mehr mit der
glüenden Wuth eines Italieners, als mit der
sanften Gelassenheit * eines Deutschen übereins-
stimmet. Weil er sich nun einmal fest vorgenommen hatte, daß Händel ihm solchen gewalt-
samen Vordrang theur genug bezahlen sollte,
verbarg er seinen Verdruß so lange, bis sich eine
Gelegenheit zeigte, darinn er seiner Rache den
Zügel völlig schiessen lassen konnte. Sie hatten
also beyde nicht so bald das Orchester verlassen,
als der Beleidigte von Leder zog, und Händeln
mit dem Degen auf die Brust stieß, wodurch dieser auf ewig von dem angemaaßten Amte, weil
der Stoß recht aufs Herz gerichtet war, entsetzet
worden wäre, wenn nicht eben eine freundliche
Partitur, die Händel im Busen trug, solches
verhindert hätte, durch welche auch selbst die
Stärke eines Ajax hindurch zu dringen nicht
vermögend gewesen seyn würde.

Wäre

* Er nennet die Deutschen phlegmatisch, und be-
sinnet sich nicht auf eine querelle allemande.

Wäre dieser Zufall in alten Zeiten vorgegangen, würde sich kein Sterblicher haben überreden lassen, daß nicht der grosse Apollo, zu Händels Erhaltung, in der Gestalt eines Notenbuchs, den Stoß aufgefangen hätte.

Aus den berichteten Umständen siehet die Sache einem Meuchelmorde ähnlicher, als einer ungefehren Begegnung. Sähen wir sie als eine Rencontrer an, so mögte das Ding wol einem solchen jungen Menschen, wie Händel war, für einen Mangel an Herzhaftigkeit, oder auch für eine Unerfahrenheit, wie er sich etwa zu vertheidigen hätte, ausgeleget werden; sollte aber das erste gültig seyn, und er hätte sich allenfalls wohl zu beschützen gewust, so wäre er freylich überrumpelt worden, ohne daß er Zeit gehabt, sich zur Gegenwehr zu stellen.

Es stehe nun das Recht oder Unrecht auf welcher Seite es wolle, : : : :

" Hier muß ich diesem Vernünftler wieder
" in die Rede fallen, und ihm seinen Unfug
" zeigen, der noch grösser und gröber ist, als
" der vorige, worinn schon mehr, als ein
" Dutzend Falschheiten, vorhanden waren, die
" hier völlig verdoppelt werden: denn es verhält sich mit diesem Zwiespalt im Grunde
" und in den Umständen ganz anders, wie
" bereits vorlängst in der Ehrenpforte S.
" 94 und 193, mit möglichster Bescheidenheit, angezeiget worden; nur daß damals
"noch

" noch keine Ursache, wie itzt, vorhanden
" war, den Leser zu erinnern, daß eine tru-
" ckene Ohrfeige kein Meuchelmord sey, son-
" dern vielmehr eine nothwendige Warnung,
" sich zur Gegenwehr anzuschicken. Das ist
" Eins: der unrecht berichtete Verfasser bringt
" mehr eine Fabel, als eine wahre Geschich-
" te, zu Markte. Es sind niemals, so lange
" man denken kann, im hamburgischen Opern-
" orchester zwey Klavicimbel zugleich geschla-
" gen; es ist immer nur eines da gewesen:
" folglich hat sich auch niemand darum zan-
" ken können. Da nun dieses der Bewe-
" gungsgrund des Gefechtes seyn soll, so fällt
" mit ihm die ganze übrige Erdichtung auf
" einmal übern Haufen. Das wäre also der
" zweete historische Schnitzer. Es geht hier
" weiter an ein solches Fehlen, daß man es
" schwerlich zehlen kann. Händel hat nur
" anfänglich die andre oder zwote, doppelt-
" besetzte Violin im Orchester gespielt, und
" war auf solchem Instrument, wie leicht zu
" erachten, nicht stärker, als ein Ripienist.
" Da haben wir die dritte Falschheit, und
" noch dazu eine prahlende Unwahrheit. Die
" Schlägerey erdugte sich den 5 Dec. 1704.
" Da Händel, welchen der Lebensbeschreiber,
" mit aller Gewalt je länger, je jünger, ma-
" chen will, bey nahe 21 Jahr alt, groß,
" stark, breit und kräftig vom Leibe, folglich
" Man-

" Mannes genug war, sich zu wehren, und
" des an seiner Seite hängenden Degens ein=
" gedenk zu seyn.   Das ist der vierte und ein
" starker Artikel, den sich ein sehr feiner Re=
" putationsschreiber, vor andern, merken soll=
" te, wenn er, Statt wahre Begebenheiten,
" lauter erhabne Lobreden vorbringt, und dem
" Übersetzer viele unnöthige Mühe macht.„

Es stehe nun, sagt er, das Recht oder Unrecht
der Sache auf welcher Seite es wolle, so hatte
sich nunmehro Händel den Titel des Vorzugs,
dem Ansehen nach, dadurch gnugsam erworben,
daß er so viel Gefahr darüber ausgestanden.
Was er und seine Freunde also erwarteten, das
erfolgte auch bald darauf: denn da er sonst nur
den Tact führen durfte, ward er nun selber gar
Opernkomponist.   (Vermuthlich wegen erwiese=
ner Tapferkeit, unter dem Schutze des in ein No=
tenbuch verwandelten Apollo; sonst könnte kein
Mensch die Consequenz begreiffen.)   Keiser ver=
mogte, wegen seiner unglücklichen Zufälle, dem
Vorsteher oder Inhaber des Opernwesens, mit
neuen Werken seiner Feder nicht zu versorgen,
daher wandte sich dieser zum Händel, und über=
gab ihm ein Drama zum Setzen.   Dasselbe nun
hieß: Almeira, (verstehe Almira) und war die
erste Oper seiner Komposition.   Der Beyfall,
welchen dieselbe erhielt, ging so weit, daß sie
dreyßigmal, ohne Unterbruch, gespielet wurde.
Händel war zu solcher Zeit nicht viel über vier=
zehn,

zehn, und ehe er noch sein funfzehntes Jahr er-
füllete, kam schon seine zwote Oper, unter dem
Namen Florinda, und bald hernach die dritte,
Nero genannt, glücklich zur Welt, welche mit
eben dem Beyfall, als die vorigen, aufgenommen ward.

" Jener fünfte Schnitt, daß eine und die-
" selbe Oper in Hamburg, mit allen Segen
" und Gedeyen, dreyßigmal, ohne Unter-
" bruch, gespielet worden, ist wahrlich was
" Rechts werth; der sechste aber kommt noch
" etwas feiner heraus. Wir wollen eine Zer-
" gliederung darüber anstellen. Almira
" wurde zum erstenmal Ao. 1705 den 8ten
" Januar aufgeführt. Nun rechnet unser
" Chronologe vom 24 Febr. 1684 an, da
" Händel geboren ward, bis hieher, näm-
" lich bis zum 8ten Jan. 1705 etwa 14 Jahr
" und ein kleines Bislein darüber; da es doch
" fast 21 sind. Aber es kommt ihm auf
" 7 Jahre eben nicht an. Das laßt mir ei-
" nen schönen Rechenmeister seyn. No. 7.
" Nero war nicht die dritte, wie unser Ver-
" fasser fälschlich vorgiebt, No. 8. sondern die
" zwote händelsche Oper, und kam in eben
" dem 1705ten Jahre am 25 Febr. zum Vor-
" schein. Da waren nur 48 Tage zwischen
" beyden; auf höchste 7 Wochen. In den
" 7 Wochen waren 7 Sonntage, 7 Sonna-
" bend, 14 Posttage, Marien- und Feyerta-
" ge

" ge ungerechnet, wo wollen denn die 30 Re=
" präsentationen herkommen, die, ohne Unter=
" bruch, von der Almira gemacht seyn sollen?
" Wer von dem, was dieser Historikus allhier
" schreibt, die Helfte glaubt, kommt schon
" merklich zu kurz. Das war No. 9. Der zehnte
" Zahlsehler betrifft den Florindo, als einen
" Mann; nicht die Florinda, als eine Frau.
" Es war auch nicht die zwote, sondern die
" dritte Oper von Händel, die Florindo hieß,
" und wurde 1708, drey Jahre nach dem
" Nero, aufgeführt, da mittlerweile nicht
" nur Reiser eine ganz neue Almira, eine
" Octavia, eine Lukretia, eine *Fedeltà co-*
" *ronata,* einen *Masagnello furioso,* einen
" *Sueno,* einen *genio di Holsatia,* ein Kar=
" naval von Venedig verfertigte; sondern
" auch Schieferdecker seinen *Justin,* Grün=
" wald seinen *Germanicum,* und Graupner
" seine Dido hören liessen. In vorbesagtem
" 1708ten Jahre brachte Händel noch zu gu=
" ter letzte eine Daphne zuwege, welche die
" vierte seiner hamburgischen Opern war, und
" von dem Lobredner, zum unersetzlichen Scha=
" den seines Mündlings, ganz und gar aus=
" gelassen worden: weil sie ihm unbekannt
" gewesen. Hat der Mann nicht glaubwür=
" dige Nachrichten gehabt? Da ist das Du=
" tzend voll, und wir bemerken noch zum Über=
" schuß, daß Händel nunmehro Ao. 1708
" nicht

" nicht 15, sondern vollkommen 24 Jahr alt
" war. Dieser error calculi kann für ein
" Meisterstück gnug thun. Wenn wir nicht
" gewiß wüsten, daß Georg Friderich wirk-
" lich Ao. 1759 den 14 April im 76ten Jah-
" re gestorben wäre, und es käme mit diesem
" musikalischen Achill auf seinen verirrten pro-
" saischen Homer an; so wäre er wol bestän-
" dig auf 15 Jahre, vielleicht auch gar im-
" berbis, bis in die Grube geblieben, und
" unser hamburgischer Barbier hätte in 5 à
" 6 Jahren sein Geld von ihm mit Sünden
" genommen, da er um den andern Tag sei-
" ne Aufwartung machte. Wenn ein Englän-
" der meynet, er könne uns seine Träume in
" einer Mixtursprache beybringen; so muß er
" sich auch gefallen lassen, daß wir ihm in ei-
" ner Heldensprache Bescheid geben. Wir
" verstehen ihn wohl, und habens gelernet.
" Verstehet er aber uns nicht, so mag ers
" auch noch lernen. Hieben lassen wir es
" fürs Erste bewenden. Wir reden, was wir
" wissen, und zeugen, das wir gesehen ha-
" ben; fahren also mit der Übersetzung fort,
" wobey das Original dennoch einer grossen
" Bürgschaft unterworfen bleibt, weil schon
" so viele unrichtige und verdächtige Fuß-
" stapfen vorhergegangen sind, die unsern
" Glauben, in Ansehung der Folge, nicht
" wenig schwächen. Nach seiner sechsjähri-

C " gen

„ gen Verweilung in Hamburg, überlassen
„ wir also diesen berühmten Mann den Ita=
„ lienern und Engländern; glauben aber nicht,
„ daß der Mond von grünem Käse gemacht
„ sey. „

Seine Absicht war niemals gewesen, sich in
Hamburg zu setzen: er gab vielmehr den Pach=
tern, bey seiner Ankunft, schon zu verstehen, daß
er nur als ein Reisender dahin gekommen, um
etwas zu lernen: er sey zwar nicht abgeneigt, so
lange, bis Reiser, der Komponist, wiederum
in Freyheit gesetzet worden, oder bis man einen
andern Nachfolger fände, sich brauchen zu las=
sen; wäre aber entschlossen, sich mehr in der Welt
zu versuchen, ehe er irgendwo eine Verbindlich=
keit eingienge, die ihn an einem oder anderm Ort
lange aufhalten könnte. Der Pachter ließ dieses
ihm und seinen Freunden anheimgestellet seyn;
aber so lange er es rathsam befinden würde, sich
bey den Opern gebrauchen zu lassen, verspräche
er ihm wenigstens eben so viel zu geben, als sonst
ein Komponist genossen hätte. Das war auch
nicht mehr, als billig und recht, in Ansehung ei=
ner in solchen Umständen befindlichen Person:
denn gute Häuser geben allemal gute Bezahlung,
allen denen, die Theil daran nehmen; absonder=
lich aber einem solchen, der ihre Aufnahme durch
seinen Werth, Fleiß und Wandel zu befördern
vermögend ist.

Währen=

Während der Zeit, da Almira und Florindo
aufgeführet wurden, befanden sich viele Standespersonen in Hamburg, vornehmlich aber der
Prinz von Toskanien, Bruder des Großherzogs
von Florenz, Johann Gaston de Medicis.
Dieser Prinz war ein grosser Liebhaber derjenigen
Kunst, welcherwegen sein Vaterland so berühmt
ist. Händels Geschicklichkeit in dieser Kunst
brachte ihm nicht nur einen Zutritt bey Ihro
Durchl. zuwege, sondern auch eine Art der Ver-
traulichkeit: sie beredeten sich sehr oft miteinander, nicht nur wegen des musikalischen Zustandes überhaupt, sondern auch in Ansehung der
Komponisten, der Sänger und Spieler, als ver-
dienstlicher Personen an und für sich selbst. Dabey beklagte der Prinz vielmal, daß Händel mit
den italienischen Tonkünstlern nicht bekannt wäre; zeigte ihm eine weitläuffige Sammlung ihrer
besten Musikalien, und gab ein grosses Verlangen zu erkennen, ihn mit sich nach Florenz zu
nehmen. Händel gestund offenherzig, daß er
in den vorgezeigten Stücken nichts finden könnte,
welches mit demjenigen hohen Werth überein-
stimmte, den Se. Durchl. ihnen beygelegt hatten; er sähe dieselben Sachen vielmehr für so
was Mittelmäßiges an, daß die Sänger und
Sängerinnen, solche angenehm zu machen, nothwendig Engel seyn müsten. Der Prinz lächelte
über diesen strengen Ausspruch, und fügte hinzu,
daß es nur eine Reise nach Italien kosten würde,

um

um sich zu dem daselbst regierenden Stil und Geschmack zu bequemen.   Er versicherte, daß kein
Land in der Welt einem jungen Anfänger, zur
Anwendung seiner Zeit, vortheilhafter seyn könnte, oder in welchem ein jeder Theil seiner Profession mit mehrer Sorgfalt getrieben würde, als
eben in Welschland.   Händel erwiederte, wenn
dem also wäre, so müste er sich wundern, daß
ein so grosses Bestreben nur solche kleine Früchte
hervorbrächte; was aber Ihro Durchl. ihm zu
verstehen gegeben, und was er bereits vorhin
von dem Ruhm der Italiener gehört hätte, würde ihn gewißlich bewegen, die angepriesene Reise zu unternehmen, so bald es ihm nur bequem-
lich fiele.   Darauf ließ sich der Prinz heraus,
falls er besagte Reise mit ihm zu thun Lust hätte,
sollte es ihm an keiner Bequemlichkeit fehlen.
Händel, der nicht gesinnet war, sich dieses An-
erbietens zu bedienen, bedankte sich doch für die
ihm erwiesene Ehre.   Denn er blieb entschlossen,
auf seine eigne Kosten nach Italien zu gehen, so
bald er nur zu dem Ende einen Vorrath gesammlet haben würde.   Dieser edle unabhängige
Geist, der ihm von Jugend auf beygewohnet hatte, verließ ihn nimmer; auch nicht in den aller-
unglücklichsten Zeiten seines Lebens.

So lange er sich in Hamburg aufhielt, kamen sehr viele geschriebene Sonaten von ihm
zum Vorschein.   Wo sie aber geblieben sind,
das hat er nimmer erfahren können, indem er
                                    so

so unvorsichtig gewesen, sie aus Händen zu
lassen.

Vier oder fünf* Jahre waren seit seiner An:
kunft in Hamburg, bis zu seiner Abreise von
dannen, verstrichen. Wir haben bereits ange:
merkt, daß er, an Statt seiner Mutter lästig
zu fallen, derselben vielmehr nützlich gewesen, ehe
er noch in seinem neuen Zustande befestiget war.
Ob er ihr nun gleich von Zeit zu Zeit Gelder
einzusenden fortfuhr, hatte er sich doch, nach
Bezahlung aller Kosten, eine Börse von 200 Du:
katen gesammlet. Und mit solchem Vorrath ent:
schloß er sich zur Reise nach Italien. **

Die Anzahl der Schulen und Akademien, dar:
inn die Musik an verschiedenen Orten dieses Lan:
des getrieben wird, nebst der ungemeinen Auf:
munterung, die denen angedeyet, welche in sol:
cher Kunst vortreflich sind, haben sich längst mit
dasiger angenehmen Lage und Luftgegend dahin
verbunden, es zum vorzüglichsten Theil der Welt
zu machen, in dem, was dessen Komponisten,
Sänger und Instrumentspieler betrifft. Weil
nun eine jede dieser abgesonderten Klassen einen
eignen Stil und eigne Art führte; so finden sich

C 3 auch

* Soll heissen 5 oder 6.
** Ao. 1709 war er noch in Hamburg; hat aber
nichts gemacht. Darauf eräugte sich die Gele:
genheit, mit dem von Biniz nach Italien eine
freye Reise anzutreten, da er denn Ao. 1710, im
Winter, zu Venedig seine Agrippine hören ließ.
S. musikal. Ehrenpforte S. 93.

auch sehr merkwürdige Dinge, die bey ihnen allen gemein sind. Ein Fremder aber, der sich in
solcher Profeßion hervorzuthun sucht, muß dieselben Umstände mit desto grösserm Fleisse bemerken, je weniger man sie verzeichnen, schriftlich
verfassen, ja, auch nur beschreiben kann. Sie
sind deswegen schwerlich durch Regeln zu begreiffen, weil sie nicht selten den Regeln selbst zuwider lauffen. Ich weiß nicht, wie ich sie nennen
soll; es wäre denn, daß man sagte, sie bestün-
den aus gewissen Schönheiten und Zärtlichkeiten in der Empfindung und im Ausdrucke
der Gedanken, die sich nur durch langes Nach-
sinnen und aufmerksame Beflissenheit erhalten
lassen. Ob sie auch gleich im ersten Anblicke fast
für nichts zu achten sind; so läßt sich doch schliessen, daß sie viel zu bedeuten haben, wenn wir
erwegen, was die Italiener davon sagen, nehmlich: è quel tantino, chi fà tutto; dieses geringe Ding ist es, darinn alles bestehet.
Die Fuge in der Ouvertür zum Mutius Scävola giebt mit ihrer allerersten Risposta hievon
ein Beyspiel ab. Geminiani, der genaueste
Bemerker aller Regeln, wurde durch die gerade
Übertretung derselben in besagter Fuge dermaassen gerühret, daß er bey der starken Wirkung
ausrief: Quel Semitono vale un mondo! dieser halbe Ton ist eine Welt werth! * Der
jünge-

---

* Der Verfasser spricht: Geminiani habe f *sharp*,
d. i. fis, gemeynet. Was will das sagen? Nichts!

jüngere Scarlatti bedient sich oft solcher Frey-
heiten sehr glücklich; ob er sie gleich gar zu oft
gebraucht: denn es ist an dem, daß man sie nicht
ohne grosse Behutsamkeit und mit vielem Verstande anwenden könne. Sie würden auch nicht
gelitten werden, wenn es nicht wegen der sonderbaren und rührenden Wirkung geschähe, die
daraus erfolget, so bald sich ein grosser Meister
damit abgiebt. Es wird unnöthig seyn, die
Gleichheit dieser musikalischen Licenz mit der poetischen und Mahler-Freyheit anzuführen, als zu
welcher die sehr schwache Gesellschaft grosser Gei-
ster allein ein ausschliessendes Vorrecht zu besitzen scheinet. (Ist das eine historische Schreibart?)

Aus den besten Nachrichten, die wir von dem
Zustande der Tonkunst, in ihren verschiedenen Lagen und Absätzen, erhalten können, sollte es in
der That fast das Ansehen gewinnen, als ob kein
Volk zu finden, das zu solcher Vortreflichkeit in
der Vokalmusik gelanget sey, oder einen sich so
weit erstreckenden Befehl über der Menschen Leidenschaften und Neigungen führte, als die Italiener. Hierinn merke ich wol, daß mir der
Abt du Bos gerade zuwider seyn wird. Denn
seine Vorurtheile, zum Behuf der französischen
Nationalmusik, sind so stark, daß er kein Bedenken trägt, den Lülly allen italienischen Meistern
vorzuziehen. Nachdem Voßius seine Ursachen
angeführet hatte, warum er der alten Musik vor
der

C 4

der neuen den Preis ertheile; so ersuchte besagter Abt, der weder Alte, noch Neue mit seinen
Landsleuten vergleichen wollte, seine Leser, die
Frage mit diesen Augen zu betrachten: " Qu'on
" se figure donc quelle comparaison *Vossius*
" auroit faite des *Cantates* & des *Sonates* des
" Italiens avec les Symphonies & les Recits de
" *Lully*, s'il les eut connus, lorsqu'il écrivoit
" le livre dont je parle. „ D. i. " Man stelle
" sich also vor, welche Vergleichung Voßius
" gemacht haben würde, zwischen den Kantaten
" und Sonaten der Italiener, mit den Sympho-
" nien und Recitativen des Lülly, wenn er sie
" damals gekannt hätte, wie er das Buch schrieb,
" davon ich rede? „ Könnten wir nicht auch
den Abt du Bos fragen, was der erwehnte, ge-
lehrte Kritikus wol denken mögte, wenn er so
lange gelebt hätte, die überaus zierliche und ver-
nünftige Schrift, Lettre sur la Musique fran-
çoise, par I. I. Rousseau, citoyen de Génève,
zu sehen, worinn fast demonstrativisch erwiesen
ist, daß sowol wegen Unbiegsamkeit der Sprache, als auch wegen des verkehrten Geschmackes
der Nation, die Franzosen nimmermehr eine Musik haben werden, die ein unparteyischer und
rechtmäßiger Kunstrichter erdulten kann. Dieses ist so wahr, daß auch das Leidliche im Lülly
selbst von jenen Italienern, die man so verächtlich hält, erborget oder entlehnet worden. Es
wird nicht vergessen werden, was Lülly aus
Cor-

Correllis Bekanntschaft für Vortheile gezogen; —
noch wie er ihm dafür so gar schlecht gedanket
habe, daß er eine heimliche Verbindung wider
ihn errichtet, und ihn aus Paris getrieben hat.
Das waren keine Merkmale eines grossen Ge-
müths, ob man ihn gleich würdig hielt, den
Rang eines Staatsmannes und geheimen Raths
zu bekleiden. (Irrthum!) Alles, was hier
zu des Lülly Nachtheil beygebracht worden, in
so fern er, als ein Tonmeister, betrachtet wird,
gehet nicht dahin, daß ich ihn von geringerm Gehalt schätzen und aller Gaben berauben sollte, ja,
eben so wenig Ursache würde man haben, dergleichen von Rameau, seinem grossen Nachfolger, zu sagen. Desto mehr ist es aber zu bekla-
gen, daß Glück und Zufall sie an solchen Ort gerathen lassen, woselbst dasjenige, was ihnen die
gütige Natur verliehen, auf eine verkehrte Art
gedrehet worden; theils in Betracht der unge-
schickten Einrichtung ihrer Sprache, (die eben so
unbequem zur Musik, als zur Dichtkunst ist) theils
auch in Ansehung des verdorbenen Nationalge-
schmacks, es entstehe nun dieser aus welchen Ne-
benursachen er immer wolle. Wahr ist es, der
Hr. Addison hat, am Ende seines letzten Bla-
tes von Opern, den Geschmack der französischen
Musik nicht nur vertheidiget, sondern auch ange-
priesen. Allein, der sinnreiche Abt bemühet sich
umsonst, denselben zu seinem Vortheil anzuführen. Denn obgleich jedermann mit Addison
C 5 ein-

einstimmet, daß die Musik in diesem oder jenem
Lande, so weit es thunlich, sich zur Aussprache
und zum Accent der Einwohner reimen soll; so
folget doch daraus noch keinesweges, daß eines
jeden Volkes Aussprache und Sylbenlaut sich zum
musikalischen Vortrage schicke: da dessen unab-
änderliche Grundsätze, ja sogar, die Fundamen-
te der Bau- und Mahlerkünste, von ihm gerades-
weges zu den unbeständigen, willkührlichen Ent-
scheidungen der Gewohnheit und des Eigensinnes
gerechnet werden. * Die vortreflichen Gaben
des Hrn. Addison, als eines Mannes und Verfassers, haben fast seine Fehler selber geheiliget,
und der Einfluß seiner Beurtheilung in dieser
Sache stehet destomehr zu besürchten; je bekannter es ist, daß er zwar einen ausserordentlich feinen Geschmack an allen Künsten überhaupt, doch
insbesondre eine sehr unvollkommene Kenntniß
von der Musik hatte: wie solches die Poesie in
seiner Opera Rosemond sowol, als sein Begriff von der französischen Komposition, auf das
Stärkeste beweisen.

Die heftigen Bewunderer des händelschen
Stiles pflegen obbemerkte Abzeichen der italienischen Vortreflichkeiten mit demjenigen weibischen,
oder weichlichen Geschmacke zu vermischen, der
aus einem vergeblichen Beginnen entspringet, dergleichen starke Seelenempfindungen ohne Geist,
ohne Kunst, und ohne Verstand oder Bescheidenheit

* S. Spectator 1 B. No. 29. p. 121. 12mo.

denheit rege zu machen. Sie erwegen nicht, welche Vortheile er, durch die Bekanntschaft mit den italienischen Meistern, erhalten hat; indem er ihren zärtlichen und schönen Melodien in der That noch grössere Züge des Ausdrucks hinzugefüget, da er zugleich dieselben mit der vollen starken Harmonie seines Vaterlandes zu vereinigen wuste. Eine umständlichere Nachricht von dieser italienischen Musik-Art wird zu Anfangs der Anmerkungen erfolgen, die am Ende des gegenwärtigen Lebenslauffs angeschlossen sind.

Wir haben ihn eben zu der Zeit in Hamburg verlassen, da er im Begriff stund, nach Italien abzureisen, woselbst er bald nach dem Prinzen von Toskanien anlangte. Florenz, wie natürlich zu vermuthen stehet, war seine erste Bestimmung: denn wegen seiner Bekanntschaft mit diesem Herrn brauchte es keiner weitern Empfehlung am Hofe des Großherzogs, woselbst er zu allen Zeiten einen freyen Zutritt hatte, und dessen Gütigkeit er bey jeder Gelegenheit erfuhr. Das Gerücht von seiner Geschicklichkeit hatte die Neubegierde des Großherzogs und seines Hofes bereits erwecket, und man erwartete ein oder andres Werk von seiner Komposition mit grosser Ungedult. Weniger Erfahrung und weniger Jahre zur Reiffe seiner Urtheilskraft hatten ihm bishero einen Fortgang zuwege gebracht, der den äussersten Umkreis seiner Wünsche erfüllte. Nun aber kam es mit ihm in einem fremden

lande

lande auf die Probe an, woselbst die Setzart
eben so sehr von dem Stil seines Vaterlandes,
als der Umgang, die Gewohnheit und der Ge:
brauch der Italiener von dem Deutschen unter-
schieden war. Ob er nun schon merkte, daß er
dabey etwas zu kurz kommen mögte; ließ doch
seine Ehrbegierde nicht zu, die Probe, zu welcher man ihn einlud, auszuschlagen. Im acht-
zehnten Jahre seines Alters * machte er die
Opera Rodrigo, und bekam, nebst einem sil-
bernen Service, hundert Sequins dafür zum
Geschenk. Dieses mag zum gnugsamen Beweise dienen, wie wohl er empfangen worden.
Vittoria, die als Actrice und Sängerinn sehr
bewundert wurde, spielte die vornehmste Person
in dieser Opera. Das Frauenzimmer war schön,
und hatte eine ziemliche Zeit der besondern Gnade Sr. Großherzoglichen Durchl. genossen. Allein, die natürliche Beunruhigung gewisser Herzen machte sie in ihrer Erhebung so unempfindlich, daß sie sich entschloß, ihre Gunst auf eine
andre Person zu werfen. Händels Jugend und
gute Gestalt, in Vereinigung mit seinem Ruhm
und musikalischen Wissen, hatte sich ihrem Gemüthe eingedruckt. Und ob sie gleich die Kunst
besaß, ihre Neigung vor der Hand zu verbergen,
war es doch nicht in ihren Kräften, wenigstens nicht
in ihrem Vorsatz, dieselbe zu unterdrucken.

Die

* Die errores calculi häuffen sich hier recht vorsetzig-
lich, bey 8 Jahren.

Die Beschaffenheit seiner Absichten, welche
sich auf weitere Reisen erstreckten, erlaubten ihm
keinen langen Aufenthalt an irgend einem Orte.
Er hatte fast ein Jahr in Florenz zugebracht, und
sein Entschluß ging auf alle Städte und Theile
Italiens, die nur einigermaassen wegen der Mu=
sik berühmt waren. Fürs Erste ging es auf Venedig los. In einer Maskerade daselbst entdeck=
te man ihn, als er, mit der Larve vor dem Ge=
sichte, auf einem Flügel spielte. Scarlatti be=
fand sich von ungefehr neben ihm, und sagte zu
den Anwesenden, es könnte dieser Spieler kein
andrer seyn, als der berühmte Sachse, oder der
Teufel selbst. Da er sich nun hiedurch zu erken=
nen geben muste, hielt man sehr stark bey ihm
an, daß er doch eine Opera setzen mögte. Es
schien aber bey solchem Unternehmen so wenig
Ehre und Nutz vermacht zu seyn, daß er ungern
daran wollte. Endlich willigte er doch darinn,
und brachte in drey Wochen seine Agrippine zu
Papier, welche 27mal herhalten muste, eben=
falls ohne Unterbruch, wie oben von der Almi=
ra gesagt ist.* Der Schauplatz, auf welche diese
　　　　　　　　　　　　　　　　　　　　　Oper

* Ao. 1709, bey seiner Abreise aus Hamburg, war
　Händel über 25 Jahr alt, blieb ein Jahr in Flo=
　renz, ehe er nach Venedig ging; daselbst wurde
　Ao. 1710 seine Agrippine im Karnaval auf dem
　Theatre St. Gio Crisostomo aufgeführet. Nun
　rechne, wer rechnen kann, und hebe an vom 24
　Febr. 1684, ob das 18 Jahr, wie unser Biograph
　sagt, oder 26 beträgt?

Oper aufgeführet wurde, hatte lange Zeit ver-
schlossen gestanden, da indessen zwey andre Häuser zu gleicher Zeit offen waren, in deren einem
Gasparini, im andern aber Lotti den Vorsitz
behaupteten. Die Zuhörer bey der händelschen
Vorstellung wurden dermaassen bezaubert, daß
ein Fremder aus der Art, mit welcher die Leute
gerühret waren, sie alle miteinander für wahn-
witzig gehalten haben würde.

· So oft eine kleine Pause vorfiel, schryen die
Zuschauer: Viua il caro Saſſone, es lebe der
liebe Sachse! nebst andern Ausdrückungen ihres Beyfalls, die so ausschweiffend waren, daß
ich ihrer nicht gedenken mag. Jedermann war,
durch die Grösse und Hoheit seines Stils, gleichsam vom Donner gerühret: denn man hatte nimmer vorher alle Kräfte der Harmonie und Melodie, in ihrer Anordnung, so nahe und so gewal-
tig miteinander verbunden gehöret. Auch scheinet es, daß die Waldhörner, und andre Wind-
instrumente, die den Italienern wenig bekannt
waren, bey dieser Gelegenheit eingeführet worden sind. Ich glaube, man habe sie dorten
nimmer vorher, zur Begleitung der Singstimme, gehöret.

Diese Opera nun zog alle die besten Sänger
und Sängerinnen von den beyden andern Schau-
bühnen zu sich. Unter denselben war die vornehmste oberwehnte berühmte Vittoria, welche,
kurz vor Händels Abreise von Florenz nach Venedig,

nedig, vom Großherzoge Urlaub erhalten hatte,
in einem besagter Opernhäuser mit zu singen.
Die Agrippina brachte ihren natürlichen Gaben
einen neuen Glanz zuwege. Händel schien in
ihren Augen fast so groß und majestätisch, als
Apollo; und es war ferne von ihrer Meynung,
so grausam und eigensinnig zu seyn, als Daphne.

Nachdem wir der wichtigsten Vorfälle zu Venedig erwehnet haben, müssen wir itzund berichten, wie er zu Rom empfangen worden. Der
Ruf seiner musikalischen Vortreflichkeiten war
von Florenz und Venedig, lange vor seiner per-
sönlichen Ankunft, in dieser Welthauptstadt
schon erschollen. Seine Gegenwart daselbst wurde augenblicklich bekannt, und verursachte allerhand höfliche Nachfragen und Botschaften von
Personen des ersten Ranges. Einer von seinen
grössesten Bewunderern war der Kardinal Ottoboni, ein Herr von auserlesenem Geschmack
und fürstlicher Pracht. Ausser einer schönen
Sammlung von Gemälden und Bildsäulen, besaß er auch eine weitläuffige musikalische Biblio-
thek, und hatte eine vortrefliche Bande Tonkünstler in steter Besoldung. Der berühmte
Corelli war bey der ersten Violine, und hatte
seine Zimmer in des Kardinals Pallast. Seine
Eminenz war gewohnt, Opern, Oratorien und
andre grosse Werke, die von Zeit zu Zeit ange-
schaffet wurden, aufführen zu lassen. Von Händel wurde hiezu ein Beytrag verlangt, und es
fand

fand sich allemal in seinen Stücken eine solche
Hoheit und Übermaße, daß der besten Meister
Werke dagegen nur klein aussahen, und nichts
zu bedeuten hatten.   Es regierte auch in seiner
Komposition eine ganz andre Art, die sich unterschied von der in Italien gewöhnlichen Weise,
so gar, daß diejenigen, welche sonst selten, oder
nimmer, in der Ausübung anderer Musikalien zu
kurz kamen, bey seiner Arbeit oft stutzeten, und
solche nicht recht herausbrachten.   Corelli selbst
beklagte sich darüber, daß er in den hän-elschen
Ouverturen sehr viel Schweres antreffen müste.
In allen Zügen seiner Erfindungen, absonderlich
im Eintritt, war ein solcher Grad von Feuer und
Kraft, der sich nimmer mit der sanften Anmuth
und gefälligen Zierlichkeit eines so ungleichen
Geistes vereinigen konnte, den Corelli besaß.
Händel hatte einmal auf verschiedene, doch frucht-
lose Vorstellungen an Corelli versucht, denselben zu unterrichten, wie man seine erhabene Gedanken am besten herausbringen könne; allein
da ihn die Kaltsinnigkeit und das gelinde Wesen,
womit Corelli immer zu spielen fortfuhr, heftig
verdroß, riß er ihm einstens die Violine aus der
Hand, und spielte die berührte Stellen selbst her,
um zu zeigen, wie wenig jener ihrem Nachdruck
ein Genügen thät.   Corelli aber, als ein sehr
bescheidener und sanftmüthiger Mann, bedurfte
keiner solchen Überzeugung: denn er gestund offenherzig, daß er keinen Verstand davon hätte,

d. i.

d. i. er wisse die Sachen nicht eigentlich heraus=
zubringen, und ihnen die gehörige Stärke des
Ausbrucks zu geben. Wie nun Händel darü=
ber seine Ungedult spüren ließ, sagte Corelli:
Ma, caro Sassone, questa Musica è nel Stylo
(*Stile*) Francese, di ch' io non m' intendo.
Aber, mein lieber Sachse, diese eure Musik
ist nach dem französischen Stil eingerichtet,
darauf ich mich gar nicht verstehe. Die
Ouvertüre vor der Opera, il Trionfo del Tempo,
war es, welche dem Corelli die meiste Schwie=
rigkeit verursachte. Auf sein Verlangen machte
also Händel, an deren Statt, eine Sympho=
nie, die mehr nach dem italienischen Stil
schmeckte.

Ein kleiner Zufall, der den Corelli betrifft,
mahlet seine Gemüthsneigung so deutlich ab, daß
ich Entschuldigung hoffe, denselben zu erzehlen,
ob er gleich nicht zur vorhabenden Sache, nehm=
lich nicht zum händelschen Lebenslauff, gehöret.
Man ersuchte ihn einmal, in grosser ansehnlicher
Gesellschaft, ein schönes, neulich von ihm ver=
fertigtes, Solo zu spielen. Wie er nun eben in
der Mitte desselben begriffen war, fingen einige
Anwesende zur Unzeit miteinander an zu schwä=
tzen. Alsofort legte Corelli sein Instrument
freundlich nieder, und auf Befragen: ob ihm et=
was fehle? gab er zur Antwort: es fehle ihm
zwar nichts; allein er besorgte nur, sein Spie=
len mögte das Gespräch unterbrechen. Die ar=

D   tige

tige Eigenschaft dieser stillschweigenden Bestra=
fung, nebst seiner sanftmüthigen und leutseligen
Antwort, machte jedermann vergnügt, auch so
gar diejenigen Personen, die Gelegenheit dazu
gegeben hatten. . Diese selbst baten ihn, seine
Violine wiederum zur Hand zu nehmen, mit der
Versicherung, er mögte sich nur alle Aufmerk=
samkeit versprechen, die erfordert würde, und
die man auch schon vorhin seinen Verdiensten
schuldig gewesen wäre.

Bisher ward Händel, wo nicht gänzlich, doch
vornehmlich, als ein Komponist angesehen wor=
den. Nunmehro aber werden wir ihn auch als
einen Spieler und Ausrichter zu betrachten haben.
Dabey denn nicht zu vergessen ist, daß, ob er
gleich die Beschaffenheit und Handhabung der
Geige wohl innen hatte, dennoch seine vornehm=
ste Ausübung und sein grössestes Meisterstück im
Orgel= und Klavirspielen bestund.

Bey seiner ersten Ankunft in Italien waren
Alessandro Scarlatti, Gasparini und Lotti
höchstens berühmt. Mit dem erstgenannten wur=
de Händel bey dem Kardinal Ottoboni bekannt.
Dieser Scarlatti, der ältere, war ein Verfasser
der Opera, Principessa fedele, welche, in ihrer
Art, für ein chef d'oeuvre, oder Meisterstück,
gehalten wurde. Auch werden seine verschiedene
Kantaten von den musikalischen Kunstrichtern sehr
hoch geschätzet. Händel gerieth auch besagten
Orts in die Bekanntschaft des Dominico Scar=
latti,

latti, der anitzo in Spanien, und Verfasser gewisser auserkohrner Handsachen ist.   Weil er
nun ein vortrefliches Klavir spielte, entschloß sich
mehrerwehnter Kardinal, denselben und Händel
zusammen zu bringen, und eine Probe ihrer beyderseitigen Geschicklichkeit anzustellen.   Man hat
sagen wollen, daß einige dem Scarlatti den
Vorzug zuerkannt haben, in dem, was den Flügel betrifft.   Wie es aber zur Orgel kam, blieb
nicht der geringste Zweifel übrig, wer den Preis
davon trüge.   Scarlatti selbst muste bekennen,
daß er von Händel auf der Orgel übertroffen sey,
und gestund gar gern, daß er keinen Begriff von
seiner Stärke gehabt, ehe er ihn darauf gehöret
hätte.   Scarlatti war auch von diesen Spielen
dermaassen eingenommen, daß er dem Händel
durch ganz Italien nachfolgte, und sich nimmer
glücklicher schätzte, als wenn er sich in dessen Gesellschaft befand.

Händel pflegte oft von diesem Scarlatti mit
Vergnügen zu sprechen, und hatte wahrlich gute
Ursachen dazu: denn, seiner grossen Gaben zu
geschweigen, war er eines angenehmen Umgangs,
und sein ganzes Betragen bestund in lauter Leutseligkeit.   Die beyden Hautboisten, Plas, welche neulich von Madrit gekommen sind, berichten
uns, daß dieser Scarlatti, so oft man daselbst
sein Spielen bewunderte, nur Händel nannte,
und, zum Zeichen seiner Verehrung, allemal ein
Kreuz vor sich schlüge.

D 2   Ob

Ob nun gleich wahr ist, daß es niemals zwo Personen zu solcher Vollkommenheit auf ihren erwehlten, beyderseitigen, einerley Instrumenten gebracht haben können; so ist doch merkwürdig, daß ihre Art zu spielen einen gänzlichen Unterschied verursachte. Die eigentliche Vortreflichkeit des Scarlatti schien in einer gewissen Zierlichkeit zärtlicher Ausdrückungen zu bestehen. Dahingegen besaß Händel etwas Glänzendes und Funkelndes im Spielen, bey erstaunlicher Fertigkeit der Finger. Was ihn aber, von allen andern, die dergleichen Gaben hatten, förmlich unterschied, war die entsetzliche Vollstimmigkeit, und nachdrückliche Stärke, die er dabey bewies. Diese Anmerkung kann auch, bey Betrachtung seiner Komposition, ihre Gültigkeit haben, mit eben dem Rechte, als in Ansehung des Spielens.

Zeit seines Aufenthalts in Rom besuchte er auch die Palläste der beyden Kardinäle Colonna und Pamphili. Der letztgenannte besaß eine Fertigkeit zur Dichtkunst, und verfertigte die Oper, Il Trionfo del Tempo, nebst verschiedenen andern Werken, welche Händel, auf des Kardinals Begehren, in die Musik brachte, einige bey Feyerabend, andre aus dem Stegereife, oder stehenden Fusses.* Unter andern war eines,

nes,

---

* Der Abt dü Bos, wenn er von dem durchgehenden Triebe redet, den die Italiener, vom Höchsten bis zum Niedrigsten, auf eine merkwürdige Art,

nes, das selbst Händel zu Ehren gerieth; er
wurde darinn dem Orpheus verglichen, und
über alle Sterbliche erhoben. Ob Se. Eminenz
diese Materie erwehlet habe, unserm Händel
schöne Einfälle an die Hand zu geben, oder in
Absicht, zu entdecken, wie weit ein Künstler dem
Anfall der Eitelkeit widerstehen könne, ist eben
nicht nöthig auszumachen. Doch hatte Händel
eben keine solche ausschweiffende Bescheidenheit
an sich, die ihn hätte hindern sollen, dem Begehren seines erlauchten Freundes ein Genüge
zu leisten. *

Weil er demnach mit so vielen Herren, geistlichen Ordens, vertraulich umging, da er doch
eines Glaubens war, der in allen Stücken mit
dem Ihrigen stritte, kann man sich leicht natürli-

D 3   cher

Art, für die Musik bezeigen, läßt sich folgender-
gestalt heraus: Ils sçavent encore chanter leurs
amours dans des vers qu'ils composent sur le champ,
& qu'ils accompagnent du son de leurs instrumens.
Ils les touchent, si non avec delicatesse, du moins
avec assez de justesse: c'est ce qui s'appelle impro-
viser. Diese Anmerkung kommt von dem Verfasser des Lebenslauffs. Ich sehe aber nicht, wie
sie sich zu der händelischen Komposition ex tempore reimet: denn er schrieb sie doch erst auf.

* Dieser Ausdruck wird denenjenigen nicht zu stark
scheinen, die da wissen, was für aufrichtige Hochachtung und herzliches Wohlwollen er sich von
Personen des höchsten Ranges zuzuziehen wußte.
(Ist auch von besagtem Verfasser; nicht vom
übersetzer.)

cher Weise einbilden, daß einige derselben sich
mit ihm darüber im Wortwechsel eingelassen haben müssen. Denn wie könnte man glauben,
daß diese frommen Katholiken gegen ihm in Wahrheit so günstig gesinnet gewesen, ohne sich zu bestreben, ihn aus dem Wege der Verdammniß
wegzuleiten? Als ihn nun einer aus den erhö-
heten Geistlichen über diesen Artikel zur Rede
stellte, war seine Antwort: Er sey weder geschickt noch geneigt zum Nachforschen oder Untersuchen in Dingen dieser Art; sondern festiglich
entschlossen, als ein Glied derjenigen Gemeinde,
darinn er geboren und erzogen, zu leben, und
zu sterben; die Glaubensartikel mögten nun wahr
oder falsch seyn. Wie nun zu einer wirklichen
und ganzen Bekehrung keine Hoffnung vorhanden war, trachtete man doch darnach, ihn zu
überreden, daß er sich nur einer äusserlichen
Gleichförmigkeit bedienen mögte. Allein weder
Schlußreden noch Anerbietungen hatten die geringste andre Wirkung bey ihm, als daß sie ihn
nur destomehr in den protestantischen Lehrsätzen
befestigten. Inzwischen waren es doch nur sehr
wenig Personen, die sich darüber mit ihm be-
sprachen: denn man betrachtete ihn sonst durchgehends als einen Menschen, der eine redliche,
obgleich irrige, Meynung hegte, und der sich nicht
leicht gewinnen lassen würde, solche zu ändern.
Zeit seiner Anwesenheit in Rom verfertigte er ein
gewisses Oratorio, unter dem Titel: Resurre-
Ctione,

ctione, (*Resurrettione*) nebst 150 Kantaten; So=
naten und andre Stücke ungerechnet.

Von Rom ging er auf Neapolis, woselbst,
wie an den meisten andern Orten, ihm ein Pal=
last zu Dienste stand, mit freyer Tafel, Kutsche
und aller übrigen Bequemlichkeit. In dieser
Hauptstadt brachte er Acis und Galatea ans
Licht, in italienischen Worten, und in einer von
der hiesigen unterschiedenen Komposition. Diese
wurde auf Begehren der **Donna Laura** verfer=
tiget: ob sie eine portugisische oder spanische Prin=
zeßinn gewesen, das kann ich eigentlich nicht sa=
gen; doch das herrliche und prächtige Wesen
dieser Dame gab zu verstehen, daß sie spani=
scher Abkunft sey: denn sie lebte, führte sich auf
und hielt einen Staat, der wirklich könig=
lich war.

Mit welcher guten Art Händel dieses Werk
vollführete, das läßt sich leicht aus demjenigen
abnehmen, was er nachgehends in dieser Materie
und bey andern Umständen hervorgebracht hat;
da die Sprache ihm nicht so günstig, nicht so
sanft und klingend, auch die Poesien selber ohne
Kunst, ohne Verstand, Ordnung und Zusam=
menhang waren.

So lange er in Neapolis verharrete, ließen
ihn die vornehmsten Herren, welche daherum
wohneten, zu sich bitten; und glücklich war der=
jenige, der ihn zuerst erhielt, und am längsten
bewirthete. Er verließ endlich das neapolitani=

sche

sche Gebiete, und besuchte nochmals Florenz,
Rom und Venedig; hielt sich auch an einem und
anderm Ort etwas auf, weil er hie und da viele
Freunde vor sich fand: so daß sein ganzes Ver=
bleiben in Italien sich auf sechs Jahre erstreckte.
In dieser Zwischenzeit hat er eine Menge Musi=
kalien, und fast auf allerhand Kompositions=Ar=
ten, zu Papier gebracht. Diese frühzeitigen Früch=
te seines Fleisses würden ohne Zweifel viel Selte=
nes aufweisen, wenn sie anitzo noch zu erhalten
wären. Die Liebhaber der Kunst würden sie
schier mit eben der Ehrerbietung ansehen, wel=
che die Gelehrten für die köstlichen Überbleibsel
des Livius, des Cäsars und des Tacitus ha=
ben. Es ist an dem, daß die wenigen unvoll=
kommenen Stücke, die als abgebrochene Proben
zu unsern Händen gekommen, nur bloß gedienet
haben, dasjenige schmerzlich zu bereuen, was
davon verloren gegangen. Und wenn wir dem
Leser berichten, daß die zwo ersten Abtheilungen,
in Händels siebenten Suite, ersten Bandes sei=
ner Handsachen, vormals in der Ouvertüre sei=
ner berühmten Agrippina gestanden sind; wird
er sich weniger über die venetianischen Zuhörer
und ihre ausserordentliche Erstaunung verwun=
dern, als über des Komponisten grossen Geist,
ehe er noch gänzlich das neunzehnte * Jahr er=
reichet

---

* Da kommen wir wieder her! Der Verfasser hat ge=
dacht: melius peccare in tempore, quam in re;
Hän=

reichet hatte. Aus einer solchen Kunstprobe kann
ein jeder leicht von dem Werke selbst urtheilen:
doch wird es mit seinen jugendlichen Erfindungen
schwerer halten, weil einige derselben ohne Zweifel verloren gegangen; andre aber nur bey solchen wenigen Virtuosen zu finden sind, deren
schwärmerische Verehrung* für alles, was in
dieser Art wirklich groß und vortreflich ist, ihnen
diesen Titel erworben hat, da es schwer zu sagen
fällt, ob sie thätiger und unermüdeter gewesen,
solche Schätze zu sammlen; oder ob sie sorgfälti-
ger und wachsamer sind, dieselben zu bewahren.

Nachdem also Händel lang genug in Italien
verweilet, um dasjenige wirklich zu fassen, warum er dahin gekommen war, fing er nunmehro
an, auf die Rückreise in sein Vaterland bedacht
zu seyn. Nicht zwar, als sollte dadurch sein Reisen ein Ende nehmen: denn seine Neubegierde
war noch nicht gesättiget, und so weit davon entfernet, so lange noch ein musikalischer Hof zu finden war, den er nicht gesehen hatte. Hanover
war also der erste Ort, da er still hielt. Steffani befand sich allda, und hatte solche Gnade
und Aufmunterung genossen, die, wo möglich,
mit seinen besondern Verdiensten übereinkamen.
Diesen grossen Tonmeister, dessen Eigenschaften
durch einen Freund seiner Kunst und seines An-

D 5 denkens

Händel war wenigstens 26 Jahr alt, wie er die
Agrippine in Venedig aufführte.
* Enthusiastic veneration.

denkens auf das feineste geschildert sind, hatte
Händel in Venedig, als in dessem Geburtsstadt,
kennen gelernet, und war froh, die Bekanntschaft zu erneuern: denn Steffani war ein vortreflicher Setzer; seine Gemüths-Art überaus lie-
benswerth, und sein Betragen höflich und sehr
angenehm.   Wer geneigt ist, einen weitern Bericht von seiner Person zu lesen, der kann sich oberwehnter Beschreibung seines Lebens bedienen,
die zwar nur aus sehr wenig Blättern bestehet,
aber doch genug ist, ihm alle Ehre zu erweisen.
Wir werden bald Gelegenheit haben, seiner wiederum zu gedenken; wollen also nur noch dieses
sagen, daß er bey weyland Ihro Majestät, wie
Dieselbe noch Churfürst von Hanover waren, als
Kapellmeister stund.   Das war daselbst ein Amt
und ein Titel, der sehr viel galt; doch bey weitem nicht an denjenigen reichte, welchen er hernach führte.

Es befand sich auch zu Hanover ein Herr vom
Obern-Adel, der unsern Händel in Italien gekannt hatte, sehr viel von ihm hielt, und, wie
bald erhellen wird, ihm auch hernach, bey seiner
zwoten Ankunft in England, grosse Dienste leistete.   Es war der Freyherr von Kielmannseck,
der ihn zu Hofe brachte, und Sr. Churfürstl.
Durchl. so nachdrücklich anpriese, daß Dieselbe
ihm alsobald eine Besoldung von 1500 Rthlr.
jährlich beylegten, als eine bewegende Ursache,
am Hofe zu verharren.   Ob nun gleich ein solches

ches Anerbieten von einem solchen Fürsten nicht
auszuschlagen war; so liebte doch Händel seine
Freyheit gar zu sehr, daß er es eilfertig und son-
der Vorbehalt hätte annehmen sollen. Er bezeigte dem Herrn Baron, daß er für seine freundliche und vielgültige Empfehlung sowol, als
für Ihro Churfürstl. Durchl. Güte und Großmuth, höchst verbunden sey. Allein er besorgte,
daß die ihm bestimmte Gnade nicht mit seinem
Versprechen bestehen könne, welches er wirklich
gethan habe, den pfälzischen Hof zu besuchen,
noch mit seinem Vorsatz, nach England überzuge-
hen und London zu besehen. Allem Ansehen nach,
hatte ihn der Herzog von Manchester dahin nachdrücklich eingeladen. Nach dieser Einwendung
erkundigte sich der Herr Baron, was der Churfürst dazu sagen würde, und erhielt die Antwort,
daß weder sein Versprechen, noch Entschluß, durch
Annehmung der Pension, Abbruch leiden sollten:
weil ihm auf zwölf Monat, oder länger, wenn
ers verlangte, Urlaub gegeben werden sollte, zu
reisen wohin er wollte. Auf diese willfährige
Bedingung nahm er die Bestallung dankbar-
lich an.

Dieser reichlichen Besoldung wurde noch bald
darauf der Kapellmeisterdienst hinzugefüget, welchen Steffani freywillig niederlegte: denn er
hielte nicht dafür, daß sich dieses Amt gänzlich
reimen würde mit der hohen Würde eines Bi-
schofs und Ambassadeurs, womit er sich nunmehro

ro vom Pabſte bekleidet fand. Auch war ihm
dieſe und eine jede Gelegenheit lieb, Händeln
ſeine Verbindlichkeit zu erweiſen. Ungeachtet
aber der neuen Gnade, hatte er dennoch die Erlaubniß beybehalten, ſein Verſprechen zu erfüllen
und ſeine Reiſen vorzunehmen. Als ein vor-
nehmſtes Stück ſeiner Obliegenheit wollte er vor
allen Dingen ſeine Mutter in Halle beſuchen.
Ihr ſehr hohes Alter und gänzliche Blindheit,
die ihm zwar keine andre, als traurige, Unterredung zuſagten, verurſachten gleichwol, daß er
dieſe ſeine Schuldigkeit und Pflicht eben darum
für deſto nothwendiger hielt. Nachdem er alſo
bey ſeinen Verwandten und Freunden (unter
welchen ſein alter Lehrherr, Zachau, keinesweges vergeſſen wurde,) einen Beſuch abgeſtattet,
begab er ſich nach Düſſeldorf. Dem Churfür-
ſten von der Pfalz gefiel es ſehr wohl, daß Händel ſeinem Verſprechen ſo pünktlich nachgekom-
men; befand ſich aber ſehr verlegen, da er vernahm, daß er ſchon anderwärts Dienſte genommen hatte. Beym Abſchiede ſchenkten doch Ihro Churfürſtl. Durchl. demſelben einen ſchönen
Aufſaß von ausgearbeitetem Silber , und zwar
auf eine ſolche verbindliche Art, die dem Werth
deſſelben viel hinzuſeßte.

Von Düſſeldorf nahm er den kürzeſten
Weg durch Holland , allwo er ſich nach Engeland einſchiffte. Es war im Winter Ao.
1710,

1710,* wie er in London ankam; ein denkwürdi-
ges Jahr wegen des längsten und glücklichsten
Krieges, welchen England jemals mit einer
fremden Macht geführet hat, wenn wir den gegenwärtigen ausnehmen. Denn in dieser Zeit
kam kaum ein Packetboot aus Holland an, das
nicht von neuen Victorien oder Vortheilen Nachricht brachte, die der engländische Held (Marl-
borough) erhalten hatte, über die Armeen eines
Monarchen, der ehemals dem ganzen Europa
fürchterlich war, nun aber eines jeden holländi-
schen Bürgermeisters Spott ist. ** Es schien
wirklich, daß der National-Glückseligkeit nichts
anders fehlte, als eine solche Person, welche
durch die Zauberey seiner Melodie geschickt wäre,
den bösen Factions- und Parteygeist zu zähmen,
welchen uns das Unglück auf den Hals geschickt
hat, gleichsam aus Mitleid gegen den ehmali-
gen Günstling des Glücks, den bedrängten Lud-
wig! Allein, so groß als auch Händel war,
kunnte er doch für England das nicht thun, was
David für Saul that. Eben dieser böse Geist,
der sich schon so oft bey lauffendem Kriege hatte
sehen

* In diesem Jahre führte er seine Agrippine in Venedig auf, und 1709 war er noch nicht aus Hamburg weg.
** Was ein Franzmann hiezu sagt, stelle demselben
anheim. In Händels Lebenslauffe ist es bey den
Haren herbeygezogen, und dergleichen Scurrili-
täten zeigen ein unedles Herz an.

sehen lassen, behauptete auch den Vorsitz auf dem
Friedenscongreß. Die Musik, welche Händel
auf die Vollziehung desselben machte, wird an
einem andern Orte angeführet werden. Inzwi=
schen dürfte es nicht undienlich seyn, ein Paar
Worte von demjenigen Zustande einzurücken,
worinn sich die Musik, bey seiner ersten Ankunft
in England, befand.

Wir nehmen einige wenige Komponisten aus,
die im Kirchenstil und hohen Alters wegen noch
gut waren; so muß ich doch besorgen, daß wir
keine Ursache hatten, uns mit demjenigen groß
zu halten, was wir unser eigen nennen kunnten.
Zu derselben Zeit waren Opern eine Art neuer
Bekanntschaft; fingen aber an sich bey dem ho=
hen Adel in Gunst zu setzen, deren verschiedene
dergleichen Singspiele in demjenigen Lande gehört
und gesehen hatten, da sie geboren sind. Aber
ihre ganze Anstalt, nehmlich der Inhalt, die
Poesie, Maschinen, Vorstellungen und Auszie=
rungen waren so läppisch und abgeschmackt, daß
man fast nichts Ärgers erdenken kann. Der da=
malige Pabst ergetzte sich dermaassen an des Hrn.
Addisons scherzhafte Beschreibung dieser seltsa=
men Einrichtung, daß ihm der Bauch erschüt=
terte, wie er die Blätter las, welche davon han=
delten. Es scheinet, Hr. Addison habe nicht gar
zu wohl daran gethan, da er diesen verdorbenen
Geschmack der heranwachsenden unordentlichen
Begierde zugeschrieben, die man für alles hegte,
was

was nur Italienisch hieß. Es ist gar nicht un=
möglich, daß der Vorsteher des Werks solchen
Geschmack hier angetroffen habe, und denselben
beyzubehalten verbunden gewesen. Was für
Kompouisten es damals gegeben, davon haben
wir keine Nachricht; es kommt auch nicht darauf
an, daß man sich darnach erkundige. Denn,
nach dem Bericht vom Anfange hiesiger Opern,
wie wir solchen im 18ten Stücke des Spectators
antreffen, liegt es zu Tage, daß theils bey Ver=
mischung der Sprachen, theils durch Versetzung
der Leidenschaften und Gedanken aus italienischen
Gedichten, der beste Komponist von dem schlech=
testen nicht zu unterscheiden war. Händels An=
kunft aber machte der Regierung dieser Thorheit
ein Ende.

Die Nachrichten von seiner ungemeinen Fä=
higkeit waren, schon vor seiner Ankunft in Eng=
land, daselbst ausgebreitet, und zwar durch sehr
verschiedene Wege. Einige der Unsrigen hatten
ihn in Italien gesehen; andre aber in Hanover.
Er wurde bald bey Hofe eingeführet, und von
der Königinn mit Gnadenzeichen beehret. Viele
vom hohen Adel bezeugten grosse Ungedult, eine
Oper von seiner Arbeit zu sehen. Dieser hefti=
gen Begierde nun ein Genüge zu leisten, kam
Rinaldo an den Tag, und war, als sein erstes
Werk in England, in vierzehn Tagen fertig.
Die Worte der Oper sind von Roßi, und die
erste Stelle daraus stehet im Spectator. Sie
enthält

enthält gleichsam einen Lobspruch seiner eignen Dichtkunst; wiewol er doch bald hernach mit aller Bescheidenheit eine Schutzrede darüber ausfertigte. Da dieselbe etwas Sonderliches hat, will ich dem Leser eine kleine Probe davon mittheilen:

" Gradisci, ti prego, discreto lettore, que-
" sta mia rapida fatica, e se non merita le tue
" lodi, almeno non privarla del tuo compa-
" timento, chi dirò più tosto giustizia, per
" un tempo cosi ristretto : poiche il Signor
" *Hendel*, Orfeo del nostro secolo, nel porla
" in Musica, a pena mi diede tempo di scri-
" vere; e viddi, con mio grand stupore, in
" due sole settimane armonizata al maggior
" grado di perfettione un Opera intiera. „

" Vernünstiger Leser! laß dir diese meine eil-
" fertige Arbeit wohlgefallen, und da sie dein
" Lob nicht verdienet, versage ihr doch dein Mit-
" leiden nicht; ja vielmehr, daß ich recht sage,
" deine Gerechtigkeitsliebe; wegen der kurzen
" Zeit: indem der Herr Händel, der Orpheus
" unsrer Zeiten, da er dieses Schauspiel in No-
" ten brachte, mir kaum die Musse zum Schrei-
" ben gelassen hat; so gar, daß ich mit Erstau-
" nen gesehen, welchergestalt in zwo Wochen ei-
" ne ganze Opera, im höchsten Grade der Voll-
" kommenheit, harmonisirt geworden. „

Der Inhalt dieser Oper, wie ihn Roßi erhalten, rührte eigentlich von dem verstorbenen Hrn.
Aaron

Aaron Zill her, der auch eine engländische Übersetzung davon herausgegeben hat. Wir ersehen
aus dem Vorbericht dieser Übersetzung, daß damals der Schauplatz auf dem Heumarkte unter
seiner Aufsicht gestanden. Es erhellet auch aus
seiner Lebensbeschreibung, welche vor der letzten
Ausgabe seiner dramatischen Werke stehet, daß
er im vorigen Jahre der Schaubühne in Drury-
lane vorgestanden. Die Eigenschaften dieser
Person scheinen fast eben so sonderlich zu seyn,
als seine Lebensvorfälle. Er war aus einem guten Geschlechte und hatte einige natürliche Gaben, hätte auch vieleicht zu derjenigen Hoheit ge-
langen mögen, darnach er trachtete; wenn er
sich nur ein gewisses Ziel setzen wollen. Allein
er war einer von den thätigen und unterfangen-
den Geistern, die alles angreiffen; und, aus
Mangel der Erkenntniß ihrer eignen Stärke,
nichts zur Vollkommenheit bringen. Er that
grosse Reisen, las viel, und schriebe auch viel;
aber alles, wie es ausfiel, von keiner Wichtigkeit. Seine vertraute Bekanntschaft mit den
trefflichsten Personen seiner an beaux esprits so
fruchtbaren Zeiten, reitzte seine natürliche Hitze
an, sich in den belles lettres hervorzuthun. Der
Einbildung nach, war er zu einem grossen Poeten
bestimmet, und die starken Lobsprüche, welche
ihm einer beybrachte, der es wirklich war, be-
stärkten ihn in seinem Irrthum. Ob dieser Umstand nicht einigen Zweifel erregen sollte an dem

redlichen Betragen und an der Aufrichtigkeit, darauf sich der Herr Pope so viel zu gute that, solches überlasse denen zu beurtheilen, die seine Bewegungsgründe verstehen, welche ihn trieben. Sein edler Freund * war beym Hrn. Hill mit Lobsprüchen eben so verschwenderisch gewesen, und die Gründe des Streits, den Hr. Pope mit beyden, oder vielmehr beyde mit ihm hatten, waren von eben der Art. Wie dieser aber nöthig befand, mit seinen Anpreisungen mäßiger zu verfahren, nannte man solche Zurückhaltung eine üble Begegnung. Zwischen Verfassern ist nichts so gemein, als diese Wirkung ausschweiffender und am unrechten Orte angewandter Beystimmungen.

Von der Dichtkunst zur Tonkunst war der Übertritt natürlich und leicht. Aber von Verfertigung eines in die Musik zu bringenden theatralischen Gedichtes, bis zur Ausziehung des Ols von Bucheicheln, das sahe einem solchen Schritte ähnlich, den nur Hills Geist, der sich zu allen bequemte, wagen durfte. Es ist sehr schwer, einen Zusammenhang des Orchesters und der Brennkolbe zu entdecken. **

Damit wir aber wieder zum Rinaldo kehren, worinn der berühmte Nicolini sich hören ließ, ging dessen Aufführung mit eben so grossem Glück

von

---

* Wer dieser gewesen, das läßt sich nicht errathen. Dergleichen Räthsel sind mehr vorhanden.
** Quid hoc ad rem?

von Statten, als sich zu gleicher Zeit die Liebha=
ber der Musik sehr darüber bekümmerten, daß
sich Händel am hanöverschen Hofe anheißig ge=
macht hatte. Denn es war noch sehr ungewiß,
zu welcher Zeit, oder ob er auch überall jemals
wieder nach England kommen würde? Sein
Klavirspiel wurde eben so ausserordentlich schön
befunden, als seine Setzkunst. Einer von un=
sern vornehmsten Meistern auf dem Flügel pfleg=
te von ihm mit Erstaunen zu sprechen, als von
einer Person, die es bey weitem allen denen vor=
that, die ihm bekannt gewesen, und darinn et=
was Eignes und Sonderliches vor andern besässe.
Ein andrer, der sich stellte, als ob er dem Be=
richte von seiner Fähigkeit keinen Glauben bey=
mässe, sagte, aus grossem Vertrauen zu sich selbst,
daß wirs hörten: " laßt ihn nur kommen! wir
" wollen schon mit ihm handeln, ich bin Bürge
" dafür! „ Es würde keine Entschuldigung gel=
ten, solche arme Zweydeutigkeit zu erzehlen;
wenn nur Worte zu finden wären, die Beschaf=
fenheit desjenigen, der sie vorbrachte, mit glei=
cher Kraft und Deutlichkeit vorzustellen. Wie
er aber Händel auf der Orgel hörte, verschwand
dieser in seinen eignen Augen so grosse Mann, und
wurde ganz zu Nicht und zu Schanden.

Nunmehro hatte er sich vollkommen 12 Mo=
nate in England aufgehalten, so, daß es Zeit vor
ihm war, auf seine Rückreise nach Hanover be=
dacht zu seyn. Wie er sich von der Königinn

beur=

beurlaubte, und seine tiefe Erkenntlichkeit über
die ihm erwiesene Gnade bezeigte; vermehrten
Ihro Majestät dieselbe mit ansehnlichen Ge-
schenken, und wünschten ihn bald wieder zu sehen. Solche Merkmale des Beyfalls, abseiten
einer so hohen Königinn, schmeichelten ihm nicht
wenig; und er versprach, sich wieder einzustellen,
so bald er nur vom Churfürsten Erlaubniß bekäme, in dessen Diensten er stünde.

Gleich nach seiner Ankunft in Hanover setzte
er 12 Kammerduetten, für die damalige Chur-
prinzeßinn. Die Kenner der Musik wissen
wohl, was für Schönheiten in diesen Duetten
enthalten sind. Die Worte dazu hatte der Abt
Mauro Hortensio verfertiget, welchem es
auch bey andrer Gelegenheit der Mühe werth
geschienen, den Tonmeistern seine hülfliche Hand
zu bieten.

Ausser diesen Duetten, als einer solchen Setzart, daran die Prinzeßinn und der Hof ein be-
sonderes Vergnügen fanden, brachte er noch eine Menge andrer Sachen, für Stimmen und
Instrumenten, zu Papier.

Am Ende des 1712ten Jahres gaben Se.
Churfürstl. Durchl. ihm Urlaub, einen zweyten
Besuch in England abzulegen; mit dem Bedin-
ge, sich nach Verlauff einer geziemenden Zeit
wieder einzustellen.

Nicht lange nach seiner Ankunft in London,
kam der Utrechtische Friede zu Stande. Ein
jedes

jedes Jahr dieser denkwürdigen Regierung war
mit solchen heroischen Thaten und grossen Begebenheiten angefüllet, daß die Poeten und Mahler unsrer Insel fast, unter deren überhäuften Last
hätten versinken mögen.   Wären unsre Tonkünstler der Sache gewachsen gewesen, so würde
schwerlich ein Fremder gefordert worden seyn,
Triumph- und Danklieder, deren man itzo bend-
thiget war, anzustimmen.   Das hohe Haus, in
dessen Schutz Händel sich begeben hatte, nahm
nicht nur grossen Antheil am Kriege; sondern
that sich auch in demselben sehr hervor.   Die Er-
fahrenheit und persönliche Tapferkeit seiner Glie-
der trugen nicht wenig zum glücklichen Ausgange
bey.   Nicht nur das besagte Durchlauchtigste
Haus Hanover, sondern die meisten protestantischen Fürsten desjenigen Landes, worinn Händel geboren und erzogen worden, hatten das
Ihrige beygetragen, die übermäßige Macht einzuschränken, welche ihrer Religion und Freyheit
den Untergang dräueten.   Diese Umstände machten es angelegentlich, und erweckten eine besondre
Art der Bestrebung bey gewissen Künstlern, daß
sie ihre äusserste Kräfte daran wagten, wenn die
Würde und Wichtigkeit der Sache solche erforderte.   Kein Werk kann vortreflich seyn, das
nicht, wie die Italiener sagen, con amore, mit
Lust und Liebe verrichtet wird.   Man muß gestehen, daß alle diese Vortheile bey Händel ein-
trafen; und es ist nicht zu viel, sondern vieleicht

E 3   zu

zu wenig gesagt, daß sein Werk den Meister lob=
te. Man lasse nur das grosse Te Deum und das
Jubilate sprechen! Unser Geschäfft ist nicht, ei=
nen Lobredner, sondern einen Geschichtschreiber
abzugeben. *

Der grosse Name, welchen sich Händel mit
seinen Opern in Italien und Deutschland erwor=
ben hatte, nebst der Erinnerung an Rinaldo
und dem schlechten Fortgange am Heumarkt, er=
regten bey dem hohen Adel eine starke Begierde,
von seiner theatralischen Komposition etwas
Neues zu hören. Ihrem Verlangen trat die
Königinn, mit dem Gewichte ihres hohen Anse=
hens, gnädigst bey, und setzte ihm, zum Zeichen
der für seine Verdienste hegenden Achtung, ein
Jahrgeld aus von 1000 Rthlr. Diese Erwei=
sung königlicher Huld und Gnade schien desto
merkwürdiger, je bekannter es war, daß er wirk=
lich in fremden Diensten stund.

Von den verschiedenen Opern, die er damals
machte, wird an einem andern Orte Nachricht
erfolgen. Die Zeit war verstrichen, zu welcher
sein erhaltener Urlaub sich mit Recht erstrecken
konnte. Allein, ob er sich etwan vor der See=
fahrt gescheuet, oder ob er eine Zuneigung zu
den Tafellüsten des Landes gewonnen, war es
einmal an dem, daß sein gegebenes Versprechen,
nach Hanover zurück zu kommen, einigermaassen
in Vergessenheit gefallen.

Nach

* So ihr das wißt, selig seyd ihr, so ihrs thut.

Nach dem Tode der Königinn im Jahr 1714 kamen Ihro Majestät der Thronfolger herüber; da sich denn Händel, dem sein Gewissen sagte, wie schlecht er sich um seinen gnädigsten Patron verdient gemacht habe, der itzund zum Throne dieser Königreiche, durch alle Freunde unsrer glücklichen und freyen Verfassung, eingeladen war, durfte sich nicht unterstehen, bey Hofe zu erscheinen. Rechenschaft aber zu geben, warum er so lange ausgesetzet hatte, zu seinem Amte zu kehren? das war keine leichte Sache. Entschuldigung zu machen, daß er sein Wort nicht gehalten, das war was Unmögliches. Aus dieser schlechten Lage erlösete ihn dennoch ein besseres Glück, als er vieleicht verdiente. Es passete sich eben, daß sein vornehmer Freund, der Freyherr von Kielmannseck, hier war. Derselbe brachte es, nebst andern Standespersonen, dahin, daß ein Mittel gefunden ward, ihn bey Sr. Majestät wiederum in Gnaden zu setzen, deren gütige Natur auch bald von höhern Personen, bey wichtigern Gelegenheiten, empfunden ward.

Man schlug dem Könige eine Lustfahrt zu Wasser vor. Händel bekam Wind davon, und wurde Raths, eine geschickte Musik zu dem Ende anzustellen. Er selbst vollzog und führte sie auf; ohne daß es der König wuste; der sich aber darüber sowol verwunderte, als ergetzte. Ihro Majestät verlangten Bericht, von wem solches herrührte, und wie es zugegangen, daß diese Ergetzliche

E 4

getzlichkeit, ohne Dero Wissen, vorgenommen
worden? Der Baron brachte den Verbrecher
zum Vorschein, und hielt um Erlaubniß an, ihn
darzustellen, als einen, der seines Fehlers nur
gar zu sehr überführt sey, um sich einer Entschul=
digung zu bedienen; doch aber von Herzen be=
gierig, sein Versehen, durch alles menschmögli=
che Bezeigen seiner Pflicht, Unterthänigkeit und
Dankbarkeit, zu büssen; falls er nur hoffen dürf=
te, daß Ihro Majestät selbiges in hohen Gnaden
anzunehmen geruhen mögten. Diese Fürbitte
erlangte ihre Gültigkeit ohne Bedenken. Hän=
del kam aufs Neue in Gnaden, und seine Musik
ward mit sonderbaren Ausdrücken königlichen
Beyfalls beehret. Zum Zeichen dessen gefiel es
dem Könige, noch einen Gehalt von 1000 Rthlr.
jährlich für ihn auszusetzen, neben und über den
1000 Rthlr., welche ihm hiebevor von der Kö=
niginn Anna angewiesen worden. Nach eini=
gen Jahren, wie er die jungen Prinzeßinnen un=
terrichtete, bekam er noch dazu ein abermaliges
Jahrgeld von der verstorbenen Königinn zu
1000 Rthlr.

Im Jahr 1715 machte er die Opera Ama=
dige, wie aus dem angeschlossenen Verzeichnisse
erhellet. Ich kann nicht finden, daß er zwischen
dieser Zeit und dem Jahr 1720 sich mit andern
dergleichen Werken, ausser dem Teseo und Pa=
stor Fido, beschäfftiget habe: denn, ob diese
gleich kein Datum führen, daraus wir mit Ge=

wißheit

wißheit schliessen könnten, zu welcher Zeit sie gemacht worden; so ist doch bekannt, daß sie unter
die frühzeitigsten Verrichtungen dieser Art mitge-
hören, und in einem oder andern Jahr des ob-
erwehnten Zwischenraums entstanden sind.

In den dreyen ersten Jahren dieses Intervalls
hielt er sich vornehmlich, wo nicht beständig, bey
dem Grafen von Burlington auf.   Die Vor-
züge dieses Herrn, als eines Gelehrten und Virtuosen, sind allenthalben bekannt.   Der Herr
Pope, als ein sehr vertrauter Freund des Grafen, befand sich oft mit Händel an dessen Tafel.
Dieser Poet hatte einmal seinen Bekannten, den
Doctor Arbuthnot, von dessen Wissenschaft in
der Musik er viel Wesens machte, eigentlich darüber befraget: was seine ernstliche Meynung von
Händels Künsten sey? da ihm denn der Doctor
alsobald diese Antwort gab: "Macht euch den
" höchsten Begriff von seiner Geschicklichkeit, wie
" ihr immer könnet; so übertrifft sie doch sehr
" weit alles, was ihr begreiffen möget.„ Nachdem nun Händel von seinen schönsten Stücken
einige in des Herrn Pope Gegenwart hören
ließ, erklärte dieser sich ausdrücklich: "daß sie
" ihm nicht das geringste Vergnügen gäben;
" seine Ohren müsten so unartig gebildet, und
" so wunderlich eingerichtet seyn, daß er diese
" Musik, welche man als die Beste in der
" Welt rühmte, mit eben der Gleichgültig-
" keit anhörte, als ob es ein gemeines Gas-

"sen-

" senlied wäre!„ Von einem solchen Mann,
dessen Verstand so viele Vortreflichkeiten hatte,
können wir schwerlich eine Verstellung vermuthen.
Und doch ist es noch schwerer zu begreiffen, wie
ein Ohr, in vollkommener Aufmerksamkeit auf
alle Zärtlichkeiten des Reimes und poetischen
Sylbenmaaßes, bey dem Reiß musikalischer
Klänge so ganz unempfindlich seyn sollte? und
zwar bey einer solchen Geflissenheit, die im Lesen
eben so merkwürdig war, als in der Schreibart.
Vielleicht aber waren die ausschweiffenden und
unvernünftigen Lobsprüche der parteyischen Bewunderer Ursache, daß ein Mann, der sonst zu
Satyren geneigt ist, sich stärker herausließ, als
er sonst gethan hätte.   Es kann auch wol seyn,
daß ein Kopf, der so fleißig in Ausforschung
innerlicher Eigenschaften, und dabey so fähig
war, dieselben abzuschildern, einen solchen
Künstler, als Händel, für ein gutes Modell
hielt, seinen Versuch damit anzustellen.   Leute
von den grössesten Gaben verfallen auch oft in
die grössesten Schwachheiten.   Allein, der Dichter betrog sich doch sehr darinn, falls er etwa
meynte, der Tonmeister würde unvermögend seyn,
ohne Entrüstung einen solchen Ausspruch zu ertragen, der doch keine Achtung verdiente: er
mögte nun im Ernst, oder nur zur Probe, abge-
fasset seyn.   Händel ließ sich diese Begebenheit
so wenig irren, als Pope es gethan haben würde, wenn Händel auch von Popes Gedichten,
die

die doch sonst von der ganzen Welt einmüthig-
lich bewundert waren, eben so entscheidend geurtheilet hätte.

Die beyden übrigen Jahre brachte er in Cannons zu, als an einem Ort, * der damals in
vollem Flor stund, und absonderlich deswegen
merkwürdig war, daß er mehr Kunst als Natur
hatte; und ungleich mehr kostete, als die Kunst
selbst werth war. Von den Musikalien, die er
für die dasige Kapelle verfertigte, wird im An-
hange gehandelt werden. Ob Händel nur bloß
zum Werkzeuge, und zur Vergrösserung der
Pracht, dahin berufen, oder aus Bewegungs-
gründen einer höhern Art erwehlet worden, mag
dahin gestellet seyn. So viel läßt sich sagen,
daß es ein Merkmal wirklicher Hoheit war, dergleichen Komponisten in Diensten zu haben, dessen keine Privatperson, kein Unterthan, ja kein
Prinz oder Potentat auf Erden zu der Zeit mächtig werden kunnte.

Im letzten Jahre seines Aufenthalts zu Cannons, machte der hohe Adel einen Anschlag auf
die Errichtung einer musikalischen Akademie am
Heumarkte. Die Absicht dieser Societät ging
dahin, daß man sich einer beständigen Versorgung mit Opern von Händels Komposition, unter seiner Anführung, versichern mögte. Zu dem
Ende bediente man sich des Mittels einer Unter-
schrei-

* Dem Herzog von Chandois vermuthlich zuständig,
wie der übersetzer denkt.

schreibung: und weil es dem Könige gefiel, sei=
nen Namen obenan zu setzen, bekam die Unter=
nehmung den Titel der Königlichen Akademie.
Der König zeichnete 5000 Reichsthaler ein, der
Adel aber zweymal hunderttausend: und es ward
beschlossen, daß es 14 Jahre währen sollte.
Bishero aber blieb die Sache noch bey dem blos=
sen Entwurf, und kam erst ein Paar Jahr her=
nach völlig zu Stande.

Nachdem nun Händel seinen Verrichtungen
zu Cannons entsaget hatte, trug man ihm auf,
nach Dresden zu gehen, und Sänger oder Sän=
gerinnen von dannen zu holen. Er nahm da=
selbst den Senesino und die Duristanti an,
brachte sie auch mit sich nach England herüber.

Um diese Zeit komponirten Buononcini und
Attilio unsre Opern, und hatten grossen Anhang;
fanden auch hohe Ursache, auf Händel, als ih=
ren Nebenbuhler, eifersüchtig zu seyn, und wand=
ten alle Kräfte an, sein Machwerk in Verach=
tung zu bringen; vornehmlich aber zu verhin=
dern, daß er auf dem Heumarkt die Hände nicht
ins Spiel bekäme. Allein dieses ihr Unterfan=
gen ward zu nichte, durch oberwehntes Ver=
bündniß, kraft wessen er die so ebenbesagten Per=
sonen von Dresden hergeführet hatte.

Im Jahr 1720 erhielt er Vergünstigung,
seine Opera Radamisto aufzuführen. Dafern
denjenigen Leuten, die noch am Leben, und bey
der Vorstellung zugegen gewesen sind, Glauben
bey=

beyzumessen ist, geschahe dieselbe fast mit eben
solchem übermäßigen Beyfall, als die Agrippine gefunden hatte; kaum war das Gedränge
und der Tumult im Schauplatze zu Venedig,
mit dem zu London, in Vergleich zu stellen.
Bey solcher vornehmen und modernen Versamm-
lung der Damen, deren auserlesenem Geschmack
wir solche zuschreiben müssen, fand sich nicht der
geringste Schatten einer Formalität, eines Wort-
gepränges; kein Schein der Ordnung, der Re-
gelmäßigkeit, der Höflichkeit, oder Wohlanstän-
digkeit. Viele, die ihren Eintritt mit Ungestüm,
ihrem Range und Geschlecht unanständiger Weise,
behauptet hatten, fielen, wegen grosser Hitze
und Ermangelung der Luft, wirklich in Ohn-
macht. Verschiedene Edelleute und Herren, die
zehn Reichsthaler für eine Stelle auf der Galle-
rie geboten hatten, nachdem sie keine weder im
Parterre, noch in den Logen, erhalten konnten,
wurden schlechterdings abgewiesen.

Es mag zwar das Ansehen gewinnen, als ob
der in der Action sowol, als in dem Gesange
vortrefliche Senesino sein wichtiges Antheil an
diesen wunderbaren Eindrücken der Zuhörer gehabt habe. Denn, durch nachdrückliche Geber-
den in der Vorstellung haben viele Ausführungen, die sonst wenig oder nichts bedeuten, sich
nicht nur leidlich gemacht, sondern sind auch sehr
wohl aufgenommen worden. — Insonderheit
mögten dem Frauenzimmer die Verdienste des
Sene-

Senesino mehr in die Augen fallen? als des
Händels seine. — Vieleicht mögten sie! Daß
auch alles vom Komponisten abhängig seyn sollte,
bin ich zu bejahen eben so weit entfernet; als
daß ein andrer Tonmeister einen Sänger dieser
Art, mit gleichem Vortheil, hätte aufstellen können. Mein unparteyischer und wohlbefugter
Richter mag erwegen, ob die ganze musikalische
Welt im Stande gewesen, dem Senesino eine
solche Arie in den Mund zu legen, als Ombra
cara in der Opera, von welcher hier die Rede ist.

Durch diesen beglückten Fortgang kam das
verabgeredete Vorhaben zur Reiffe, und die Akademie zum Stande. Denn auf einmal ließ die
Sache sich nicht heben; sintemal eine beträchtli-
che Anzahl grosser Leute sich bemühet hatten,
Buononcini und Attilio ins Land zu bringen:
sie wollten also diese Fremblinge nicht im Stich
lassen, weil sie in ihrer Profeßion auch wirklich
Geschicklichkeiten besassen. Vieleicht lief der
Streit von beyden Seiten zu solcher Höhe, als
ob der Gegenstand etwas viel Wichtigers beträffe;
wiewol ich auch mit denen nicht eines Sinnes
bin, die ihn gar für unwichtig halten, und als
lächerlich ansehen. Diejenigen, welche die Auf-
rechthaltung der alten Komponisten, * als eine
Ehrensache, betrachteten, und selbige wirklich
dem

---

* Mit diesem Namen werden Buononcini und Ariosti beleget.

dem Händel vorzogen; oder die es einem Man-
.gel der Menschenliebe zuschrieben, und zum Unrecht zehlten, solche Leute abzuschaffen, nicht,
weil sie zum Dienst etwa ungeschickt waren; sondern weil ein Fremder angekommen, den man
für geschickter hielt; — hatten gewißlich ein
Recht, sich ihrer Vertheidigung mit Ernst anzunehmen, zu einer Zeit, da es ihnen so sehr am
Beystande fehlte.

Die andern aber mögten sich gegenseitig eben
sowol zum Widerstande vereinigen: weil sie der
grossen Überwichtigkeit des Händels festiglich
versichert waren, und es der Nation zur Ehre
deuteten, die berühmtesten Künstler zu ihren
Diensten anzuwerben. Die Alten, sagten sie, wären nicht berechtiget, sich über dergleichen Vor-
züge zu beschweren, so lange sie, während Zeit
ihrer Dienste, richtig bezahlet würden. Wenn
die Streitigkeiten mit Hitze und Gewalt fortge-
führet werden, nimmt man es gemeiniglich für
was Ausgemachtes an, daß beyde Theile Unrecht
haben. Dennoch sind solche Eigenschaften, die
ihrer Wirkung nach erstlich so unangenehm fallen, oftmals am Ende desto heilsamer. So
schlecht als auch die Sachen in solchem Fall an-
zusehen sind, könnten sie doch wol, ohne Strei-
tigkeit, noch schlechter werden. Denn dieses
heftige Nachforschen, und hitziges Widersprechen,
um das Beste vorzüglich zu erwehlen, bringt
uns auf die Spuren, in allen Dingen das Vollen-

kommen

kommenste auszulesen. Wenn wir die Flamme
der Nacheiferung in den Gemüthern der Künstler
anfachen, so trägt sie zum Anwachs der Kunst
ein Grosses bey. Benehmt ihnen diese Triebe
der Leidenschaften, so hat es mit Patrioten, mit
Poeten und Virtuosen ein Ende.

Es mögte also der Nuß des Zankens alles daher entstehendes Ungemach vieleicht vergüten.
Wo aber nicht, so ist die Haderkunst, ohne
Entrüstung, besorglich viel zu schwer, daß sie
auch die grössesten Höfe lehren und ausüben könnten. Aber ich fahre aus der Gleise.

So sahen demnach die Sachen aus im Jahr
1720, zu der Zeit, da Radamisto aufgeführet
ward. Der folgende Winter brachte diese musikalische Unordnung ins Feine. Damit nun aller
Zwiespalt aufgehaben würde, beschloß man, es
darauf ankommen zu lassen: daß sich die verschiedenen Parteyen zu einer neuen Opera bequemten,
darinn ein jeder der Kompetenten eine Handlung
verfertigen sollte. Wer nun durch allgemeinen
Beyfall die besten Proben seiner Geschicklichkeit
darlegen würde, sollte in Besiß des Hauses ge-
seßet werden. Der Vortrag ward genehm gehalten; ob aus Willkühr, oder aus Noth? das
kann ich nicht sagen. Der Ausgang erfüllte das
Erwarten Händels und seiner Freunde. Seine
Handlung war die leßte, und ihr Vorzug so of-
fenbar, daß nicht der geringste Vorwand zu fer-
nerm Zweifel, oder irgend einiger Widerrede, übrig
blieb.

blieb. Ich hätte erwehnen sollen, daß da ein jeder seiner Handlung eine eigne Ouvertüre vorsetzte, sich die Sache schon bloß durch Händels seine selbst entscheiden ließe. Die Opera aber hieß: Muzio Scävola. Wir haben oben ihrer bereits gedacht auf der 38sten Seite.

Da nunmehro die Akademie festgestellet, und Händel zum Komponisten erkohren war, gingen die Sachen neun bis zehn Jahr glücklich von Statten. Und dieser Zeitlauff kann mit Recht den Namen musikalischer Herrlichkeit führen; wir mögen die Werke, oder die Werkmeister betrachten, welche ganz gewiß zu keiner Zeit, auch in keinem Lande, verbessert oder übertroffen werden kunnten. Die Namen und Jahre der in dieser merkwürdigen Zeit aufgeführten Opern sind im angefügten Verzeichnisse nachzuschlagen; wobey auch am Ende eine kurze und allgemeine Nachricht von ihrer Beschaffenheit zu finden ist.

Das gültige Ansehen, welches Händel bey den Sängern und der ganzen Bande zu behaupten wuste, oder vielmehr die Unterwürfigkeit, worinn er sie hielt, hatte mehr zu bedeuten, als man sich einbildet. Es waren die vornehmsten Mittel, Ordnung und Wohlstand zu beobachten, Einigkeit und Ruhe zu verschaffen, die selten in solchen Gesellschaften lange zu dauren pflegen. Wahr ist es, daß alle Societäten, wie der natürliche Leib, in ihrer eignen Bildung und Einrichtung, bereits den Saamen ihrer Auflösung

F   hegen.

hegen. Diese erfolget entweder früher oder spä-
ter; nachdem solcher Saame, durch verschiedene
Ursachen, befördert oder zurückgehalten wird.

Senesino, der, seit seiner ersten Ankunft,
tiefe Wurzeln geschlagen hatte, und in der Gunst
derjenigen, die bey allen gesitteten Völkern das
Recht der Herrschaft besitzen, sehr gewachsen
war, fing nun an, seine Stärke und Wichtigkeit
zu fühlen; so gar, daß ihm alles, was bisher
für ein rechtmäßiges Regiment gegolten, anitzo
in einem Lichte offenbarer Tyranney vorkam. So
bald Händel merkte, daß dieser weniger Gefällig-
keit und Gehorsam bezeigte, nahm er sich vor,
solche italienische Feuchtigkeiten nicht durch gelinde, sondern durch beissende Mittel auszuführen.
Säuberlich zu verfahren, schien verächtlich; und
mit Trotz versuchte er es vergeblich. Auf die eine Art vermehrte sich die Widerspenstigkeit beym
Senesin; und auf die andre Art lief es bey
Händel auf Schmähen hinaus. Kurz, die Sachen waren so weit gekommen, daß keine Hoffnung zum Vergleich mehr da war. Wer hierinn
Recht oder Unrecht hatte? davon ist mir nichts
bekannt. Wie es auch darum seyn mögte, wollte doch der hohe Adel dem Händel darinn nicht
beystimmen, daß er den Senesin abschaffen sollte; und Händel blieb hergegen fest entschlossen,
fernerhin mit ihm nichts zu thun zu haben.
Faustina und Cuzzoni, als vom Übel der Uneinigkeit angesteckt, wollten auch jede für sich
regie-

regieren, und brachten ihre Anforderungen mit
Heftigkeit und Schärfe an, wodurch eine gänz=
liche Zerrüttung unter ihnen entstund.

Also war es mit der Akademie auf einmal aus;
nachdem dieselbe in einem blühenden Zustande
über neun Jahr verharret hatte.

Der ehmalige gekrönte Hofpoet, welcher bis=
weilen auf poßirliche Einfälle gerieth, (denn es
hat auch die Dummheit ihre Wechseltage) machte
sich über dieses, so zu nennende, musikalische
Handgemenge sehr lustig. Die unglücklichen
Wirkungen desselben bey der Vermählung des
verstorbenen Herzogs von Parma beschreibet er,
mit demjenigen spitzfindigen Scherz und der an=
gebohrnen Possenreisserey, die ihm Zeit Lebens
beywohnten. Er hält es für was Abgeschmack=
tes, den Narren an italienischen Sängern zu
fressen, und die von ihnen verursachte Kosten
und Mühe nennet er: ausschweiffend und lächer=
lich. Den Titel von theuren Kanarienvögeln
legt er ihnen bey, und über ihr oberwehntes Be=
tragen, bey der parmesanischen Vermählung,
führet er folgende Klage: "Schade ist es, daß
"diese hartnäckige Musikjungfern und Gesellen
"sich nicht gebrauchen liessen, einem marocka=
"nischen Hofe aufzuwarten, wo man keine gute
"Oper von einer schlechten unterscheiden kann;
"ein solcher afrikanischer Director würde sie gar
"leicht in bessere Ordnung gebracht haben. „
Hätte unser Dichter aber Händels hohen Geist

F 2 einge=

eingesehen, er würde diesen Leuten keinen schär-
fern Befehlshaber anpreisen, als ihn. Wahr
ist es, sie empörten sich, und rebellirten endlich
gar. Aber die Sklaven der asiatischen und ame-
rikanischen Monarchen haben es oft eben so
schlimm gemacht. Händel gerieth eines Tages
mit der Cuzzoni in Wortstreit, weil sie die Arie,
Falsa imagine, in der Oper Ottone, nicht singen wollte. Oh! Madame, sagte er, je sçais
bien que vous ètes une véritable Diablesse;
mais je vous ferai sçavoir, moi, que je suis Beelzebub, le *Chef* des Diables. Ich weiß wol,
daß ihr eine leibhafte Teufelinn seyd; aber
ich will euch weisen, daß ich Beelzebub, der
Teufel Obrister bin. Darauf fassete er sie mit-
ten um den Leib, und schwur, er wollte sie aus
dem Fenster werfen, wenn sie weitere Worte machen würde. Man bemerke, daß dieses Fen-
sterwerfen ehmals zur Bestrafung oder Hinrich-
tung (executing) der Missethäter, an einigen Orten Deutschlands, im Gebrauch gewesen, als
ein Proceß, der mit dem tarpejanischen Felsen-
sturz in etwas übereinkam, und vermuthlich daher seinen Ursprung genommen hat. * Er blieb
indessen

* Diese heldenmüthige That ist ohne Zweifel von
hintenzu geschehen. Wer kann solchen Frauen
und ihren Klauen von vornen trauen? Die don-
quixottische Erzehlung und sinnreiche Anwendung
auf den tarpejanischen Felsen, auf den Kriminal-
proceß rc. zeugen von des Verfassers grosser Be-
lesen-

indeſſen unbeweglich bey ſeinem Entſchluß, den
Seneſino deswegen zu ſtrafen, daß er ihm
den Reſpect verſagte, welchen er zu empfangen
gewohnt war, und wozu er groß Recht zu haben
vermeynte: wäre er aber ein wenig geſchmeidi-
ger hieben geweſen, würde ihn ſolches ſehr viele
Ungelegenheiten erſparet haben. Die durch Ab-
ſchaffung eines ſolchen Sängers leer gewordene
Stelle war nicht leicht zu erfüllen. Das Mis-
trauen, welches er, durch ſeine unverſöhnliche
Empfindlichkeit, bey vielen des hohen Adels erwecket hatte, wegen einer Perſon, deren Gaben
ſo ſehr bewundert waren, ſchien ihm einen ge-
fährlichen Widerſtand zu erregen. Denn, ob
er gleich auf dem Heumarkt zu ſpielen fortfuhr,
verurſachten doch dieſe hitzigen Entrüſtungen,
daß ſich ein groſſer Theil der Zuſchauer verlohr.
Neue Sänger muſten geſucht werden, und waren nicht näher, als in Italien, anzutreffen. Solche auszuſuchen und anzunehmen, das kunnte
durch keinen Abgeordneten verrichtet werden.
Und indeſſen würden ſich die Beleidigte der Gelegenheit, Zeit ſeiner Abweſenheit, zu ihrem Vortheil und ſeinem Schaden bedienen.

Trotz aller dieſer Widerwärtigkeiten ging er
doch geradeswegs nach Italien, ſo bald er ſich

F 3   mit

---

leſenheit in Rechtsſachen und ihren Geſchichten.
Wer ehrbar dabey ausſehen kann, dem ſtehts
wohl an: inſonderheit einem Deutſchen, der es
beſſer weiß, und phlegmatiſch iſt.

mit dem Unternehmer, Heidecker, verglichen
hatte, daß die Opern unter ihrer beyderseitigen
Namen, in Kompagnie, fortgesetzet werden sollten.　　Dieser Vergleich wurde nur auf 3 Jahre
geschlossen, und so eingerichtet, daß er jährli
aufgehoben werden kunnte.

Bey seiner Ankunft in Rom empfing er von
dem Kardinal Colonna einen freundlichen und
verbindlichen Brief, dadurch er ihn zu sich einlud: mit dem Versprechen, ihm das sehr schöne
Portrait Sr. Eminenz zu schenken.　　Wie er aber
vernahm, daß der Prätendent damals beym Kardinal zugegen war, verbat er klüglich die Einla-
dung und das Bildniß.

Nach einem kurzen Aufenthalt in Italien kam
er zurück, und brachte Strada, Bernachi,
Fabri, Bertoldi und andre mit sich.　　Als nun
solchergestalt die Sache auf einen neuen Fuß gesetzet worden, fuhr er mit Heidecker zwar in
vereinigten Kräften fort, aber nicht mit solchem
gleichen und gewünschten Winde, der ihm, die
neun vorigen Jahre herdurch, so sanft und angenehm in die Segel geblasen hatte: denn seit der
Trennung auf dem Heumarkt, welche durch die
Uneinigkeit mit den Sängern entstanden, hatte
der hohe Adel eine neue Unterschreibung, zu einer andern Opera in Lincolns-Inn-Fields, zuwege gebracht, darinn sie sich Sänger und Komponisten, nach eignem Gefallen, zu wehlen berechtiget waren.　　In dieser Absicht liessen sie
Por-

Porpora, Farinelli und andre berufen. Der
Erste hatte verschiedene Kantaten verfertiget, die
sehr bewundert wurden, und allen denen, die
sich seiner bedienten, groß Vergnügen gaben.
Der letzte aber nahm die Herzen aller Zuhörer
mit seiner vortreflichen Stimme ein, welche er
mit grosser Geschicklichkeit zu seinem Vortheil zu
führen wuste. Ob nun gleich Händel diese Wi-
dersetzung mit gedultigem Geiste und gesetztem
Gemüthe zu ertragen schien; fühlte er doch bald
ihre Wirkung, und wagte es allein, seine Opern
auf dem Heumarkte, noch ein Jahr lang, auf
eigne Kosten fortzusetzen, nachdem die drey Kom-
pagniejahren mit Heidecker zu Ende gegangen
waren. Da er aber befand, daß ihm dieser Versuch gar nicht gerathen wollte, verließ er den
Heumarkt; und da seine Gegner von demselben
alsobald Besitz nahmen, bezog er ohne Verzug das
erledigte Theater zu Lincolns-Inn-Fields. Es
währte aber nur kurze Zeit: denn er sahe wol,
daß die Fluth der Widerwärtigen nunmehro aufs
Höchste gestiegen, und seine Stärke, so überwie-
gend sie auch seyn mögte, sich derselben entgegen
zu setzen, nicht hinreichte. Der Vorschmack,
welchen er bereits von diesen Unfällen und Drang-
salen empfand, verminderte merklich das Vertrauen in sich selbst, so sein bisheriges Glück
unterstützet hatte. Er betrachtete, daß es nicht
allemal nothwendig auf grosse Geschicklichkeit an-
komme, und daß auch die grössesten Verdienste,

F 4   wenn

wenn sie nicht von der Klugheit begleitet werden, in den menschlichen Gemüthern und Meynungen fast nichts bedeuten. * Es ist ein vornehmes Stück der Klugheit, wenn wir unsre Neigung, bey irgend einer vorfallenden Prüfung, bezwingen können: nehmlich ein solches Stück, welches, die Wahrheit zu sagen, Händel nimmer ausübte, noch Werks davon machte. Durch solche Unterlassung nun ward er in unglückliche Zufälle verwickelt, die ihn zwar noch ein andres Stück der Klugheit lehrten, dafern es so genannt werden mag; welches er jedoch nimmer hätte in Übung bringen, noch Werks davon machen sollen, nehmlich: daß er auf Kosten seiner Kunst die Gewinnsucht zu Rathe zog.

Er begab sich also mit seinen Sachen nach Conventgarten, und trat in Gesellschaft mit Rich, dem dasigen Hausherrn. Inzwischen waren Hasse und Porpora die Komponisten auf dem Heumarkt. Wie Hasse her verschrieben ward, lautete seine erste merkwürdige Frage so: Ist Händel todt? Als man ihm nun mit Nein antwortete, wollte er gar nicht kommen; sondern hielt dafür, wo sein Landsmann sey, denn sie waren beyde Sachsen von Geburt, ** da könne

so

---

* Hieher gehört das brittische Sprüchwort: Gebt einem Menschen Glück, und werft ihn in die Themse. M.

** Das kommt mit unsrer gleich Anfangs gemachten An-

so leicht niemand, von einerley und derselben Profeßion, in Aufnehmen gerathen. Er könnte nicht
glauben, daß in einem Lande, dessen Einwohner
allemal, wegen ihres ausnehmenden Verstandes,
berühmt gewesen, eines solchen Künstlers, als
Händels, Kredit und Ansehen jemals geschwächt
werden würde. Man benahm ihm aber diese
Beysorge auf eine solche Art, und fügte der Aus-
legung solche gewisse gute Bedingungen bey, die
ihm endlich kein ferners Bedenken überliessen,
die Bedienung anzunehmen. Seine Sätze sind,
wegen ihrer erhabenen Sangweisen, merkwürdig; zu deren Unterstützung er kaum den Schein
der Vollstimmigkeit gebrauchte. Dieses kann
nicht nur von Hasse, insbesondre, als ein Abzeichen genommen, sondern mag auch von den Italienern unsrer Zeit also verstanden werden.
Weil sie nun solchergestalt wider Händel zu Fel-
be lagen, sahe dieser das singbare Wesen in sei-

F 5   nen

Anmerkung überein. Hasse ist in Bergedorf, einem zu Hamburg und Lübeck gemeinschaftlich gehörigen Städtlein, geboren, folglich ein Niedersachse in der besten Form; Händel aber ein Mag-
deburger, wie oben erinnert worden, folglich
ebenfalls ein Niedersachse: denn Halle liegt im
Magdeburgischen, welches zum niedersächsischen
Kreise und dem Könige von Preussen gehöret.
Mit der Ursache aber, warum diese beyden Sachsen einander nicht ins Gehege kommen wollten,
hat es eine ganz andre Beschaffenheit, als unser
Lebensbeschreiber vorgiebt. M.

nen Gegnern mit sehr gleichgültigen Augen an,
und hielt es nicht für einen Mangel, wenns
gleich daran fehlte. Er trieb es mit der Verach-
tung so gar weit, daß er sich bemühete, ihnen
so ungleich zu werden, als nur immer möglich
sey. Er hätte ja seine Gegner mit ihren eignen
Waffen überwinden können; allein er entdeckte,
daß der beleidigte und in Vorurtheilen steckende
Theil seinen Sieg nimmer gestanden haben würde, wenn er auch noch so entscheidend gewesen
wäre; und daß seine neuen Freunde, weil sie die
Eigenschaft und den Gebrauch solcher Waffen
nicht inne hätten, die Victorie keinesweges ge-
merkt haben würden, wenn sie gleich zu Tage lä-
ge. In diesen Gedanken verfiel er nach und
nach auf die eingeschränkte und seltsame Liebe
der eigentlichen Harmonie, die ihn oft so weit
brachte, daß er der Melodie schier ganz ver-
gaß; selbst in solchen Dingen, da sie am meisten gelten sollte, nehmlich: in der Singekunst.
Eine weitere Nachricht, von den Ursachen und
Folgen dieser Nachläßigkeit, wird sich in den
beygeschlossenen Anmerkungen über seine Werke
finden lassen.

Im Sommer des 1733sten Jahrs that er eine Reise nach Oxford, weil auf dasiger Universi-
tät eine öffentliche Promotion angesetzt war, bey
welcher Gelegenheit er sein Oratorio, Athalia,
aufführte, so eigentlich zu dieser feyerlichen Be-
gebung bestimmet worden. Durch solches Mittel

tel. wurde der Verlust, welchen er an seiner Kaſſe
erlitten hatte, in etwas erſetzet, und ſein guter
Name deſtomehr beveſtiget. Im folgenden Winter erſchien ſeine Ariana in Conventgarten; da
indeſſen auf dem Heumarkte auch eine von Porpora komponirte Opera, gleiches Namens, ge-
ſpielet ward. Eben deſſelben Polyphemo, und
der Artaxerxes von Haſſe, fanden bald darauf
groſſen Beyfall am letztgenannten Ort. Ob nun
gleich Händel einige gute Sänger hatte, war
doch keiner von ihnen mit Farinell zu vergleichen, der alle Welt zu ſich nach dem Heumarkte
hinzog; und es ließ ſich bald ſpüren, daß der
Engländer Neigung zur Muſik nicht ſtark genug
war, zwo Opern auf einmal zu unterhalten.
Von andern Klaſſen, auſſer dem hohen Adel,
fanden ſich wenige, die ſo viel vom Italieniſchen
verſtunden, oder von ihrer Kompoſitionsart;
daß ſie ſelbige etwa mit ſonderbarem Vergnügen
hätten anhören mögen. Die vom Mittelſtan-
de und niedrigern Orden, welche Nachäffung
und Neugier anfänglich nach Conventgarten hin-
gezogen hatte, wie ſich erſt die Geſellſchaft mit
Rich allda hervorthat, fielen nach und nach ab.
Seine Unkoſten, zur Anſchaffung der Sänger und
andrer Bereitſchaft, erſtreckten ſich ſehr weit;
der Gewinn aber ließ ſich mit ihnen gar nicht
vergleichen. An Statt daß er alſo, nach ver-
floſſenen drey oder vier Jahren, ſein Vermögen
ſo vermehret haben ſollte, wie man es von ſeiner
Sorg-

Sorgfalt, von seinem Fleisse und von seiner Ge=
schicklichkeit mit Recht erwartete, befand er sich
vielmehr genöthiget, fast alle seine Kapitalien
aufzukündigen und einzuziehen, um seine Schul=
den abzutragen.   Dieser schlechte Ausgang hub
anitzo alle musikalische Ergetzlichkeiten in Con=
ventgarten auf, und spielte fast auch mit dem
Urheber selbst das Garaus.   Die Heftigkeit sei=
ner hierüber bezeigten Entrüstung machten die
Wirkung des Unfalls desto schrecklicher.

Daß selten ein Unglück allein kommt, ward
bey Händel, als ein bewährter Spruch, befun=
den.   Sein Verlust erstreckte sich nicht nur über
sein Geld und Gut; sondern auch über seinen
Verstand und über seine Gesundheit. Sein rech=
ter Arm war vom Schlage unbrauchbar worden,
und wie sehr ihm zu gewissen Stunden, auf lan=
ge Zeit, die Sinnen verrückt gewesen, da=
von sind hundert Beyspiele vorhanden, die
sich besser zum Verschweigen, als zum Berichten,
schicken.   Die gewaltigsten Abweichungen der
Vernunft lassen sich am gewöhnlichsten spüren,
wenn die stärkesten Geistesgaben selbst aus ihren
Schranken getrieben werden.

Während dieses melancholischen Zustandes
war es ihm platterdings unmöglich, auf neue
Wege, zur Verbesserung seines Glückes, bedacht
zu seyn.   Seine vornehmste Sorge ging also auf
die Schwachheiten des Leibes.   Ob ihm nun
gleich

gleich die besten Rathgeber nicht ermangelten,
und ihm die Nothwendigkeit, ihnen zu folgen,
auf die freundlichste Art, beygebracht wurde,
kostete es doch viele Mühe, ihn dahin zu bringen, daß er that, was heilsam schien; so bald nur
die geringste Unannehmlichkeit dabey vermacht
war. Man fand es demnach fürs Beste, daß
er seine Zuflucht zu Schwitzbädern in Aix la Cha-
pelle nehmen sollte, in welchen er dreymal so
lange saß, als sonst gebräuchlich ist. Wem die
Eigenschaften solcher Bäder bekannt sind, der
wird sich in diesem Fall einen Begriff von Händels wunderseltsamen Leibesbeschaffenheit machen
können. Sein Schweiß war übermäßiger, als
sichs jemand einbilden kann. Die Kur, in Erwegung sowol der Art, als Geschwindigkeit, mit
welcher sie geschah, wurde von dasigen Nonnen
für ein Wunderwerk gehalten. Wie sie ihn,
nach Verlassung des Bades, nicht nur in der
Haupt- sondern auch in der Klosterkirche, die Orgel spielen hörten, künstlicher, als sie es jemals
gewohnt waren, schien ein solcher Wunderschluß
bey solchen Leuten natürlich genug zu folgen.
Ob nun gleich alles verrichtet, und seine Gesundheit durchaus, als wiederhergestellet, beurtheilt
ward; fand er es doch rathsam, noch etwa sechs
Wochen in Aix zu verharren, welches gemeiniglich die kürzeste Zeit ist, die man zur Heilung
verzweifelter Krankheiten auszusetzen pflegte.

Bald

Bald nach seiner Wiederkunft in London Ao.
1736 wurde sein Alexanders Fest in Conventgarten aufgeführet, und wohl aufgenommen.

Nach langer übeln Haushaltung und verschie-
denem Misverständnisse auf dem Heumarkte
schien es um das Ansehen des dasigen Schaupla-
tzes ganz und gar gethan zu seyn. Lord Midle-
sex aber, dem sehr darnach verlangte, die Opern
wiederum in ihrem vorigen Glanze zu sehen,
übernahm die Aufsicht derselben, und wandte
sich an Händel, als der geschicktesten Person,
solche mit Kompositionen zu versehen. Er machte auch zwo Opern für besagten Lord, Faramondo und Alessandro Severo.   Die letzte war
ein Pasticcio, * und ist sowol, als die erste, im
Jahr 1737 aufgeführet. Seine Belohnung dafür bestund in fünftausend Thalern. Wäre er
nun geneigt gewesen, im geringsten etwas nachzugeben, so würden seine Freunde leicht ein Mittel zur Versöhnung, zwischen ihm und seinen Wi-
dersachern, gefunden haben. Ein jeder wäre froh
gewesen, ihn wieder auf dem Heumarkte zu sehen: denn es schien zu dieser Zeit, als ob alle
Quellen der Opernmusik auf die Neige gerathen
und vertrocknet wären. Seine bekannte Geschicklichkeit; der gegenwärtige Zustand, da man derselben nothwendig bedurfte; die Erinnerung seines

* Die Italiener nennen ein aus vielerley Meistern
zusammengesetztes Singspiel ein Pasticcio, oder
eine Pastete. M.

nes Verlustes und Verdrusses; die länge der
Zeit selbst, welche viele wichtige Dinge, folglich
auch persönliche Empfindlichkeiten verzehret; —
kurz! alles schien dahin zusammen zu lauffen,
und nichts zu fehlen, seine künftige Glückseligkeit
zu versichern, ausgenommen ein solches Gemüth,
das bey vorfallender guten Gelegenheit einigermaassen zu weichen geneigt wäre. Man kann
aus einem einzigen Beyspiel, da für ihn auf dem
Heumarkt im Jahr 1738 eine Opernsammlung
geschah, aus welcher er, wie man sagte, 7500
Rthlr. zog, leicht abnehmen, wie weit er es, in
Verbesserung seines Zustandes, hätte bringen
können. Allein alle Verbindlichkeiten durch Un-
terschreibungen waren ihm dermaassen zuwider,
daß er schlüßig ward, seine Sachen künftighin
auf einen ganz andern Fuß zu setzen. Der sicht-
barste Vortheil vermogte ihn nicht dahin zu bringen, daß er denen ein gutes Wort hätte geben
sollen, von welchen er beleidiget und unterdrückt
zu seyn glaubte. Mit diesen stolzen Gedanken
angefüllet, begab er sich wieder nach Conventgarten, wo er noch etliche Opern machte, deren Namen und Zeit im Verzeichnisse zu finden sind.
Weil er aber merkte, daß der Geschmack seiner
Zuhörer von Natur diese Kompositionsart nicht
mehr vertragen kunnte, führte er eine andre ein,
die sich besser zu der angebohrnen Ernsthaftig-
und Gründlichkeit der Engländer schickte; unangesehen dieselbe aus dem Concert spirituel (geist-
lichem

lichem Concert) unsrer flüchtigen Nachbaren
auf dem festen Lande entlehnet war.* Esther
war ursprünglich für den Herzog von Chandois
gemacht, etwa ein Jahr nach Acis und Galatea.
Nachdem diese Serenata zu Cannons aufgeführ-
ret worden, ließ man sie auch in dem Hause, zur
Krone und zum Anker,** hören; und hieraus
sind zuerst, wie man sagt, die Moden entstanden, Oratorien aufs Theater zu bringen. Weil
demnach die allermerkwürdigsten Personen, Vorfälle und Begebenheiten, deren die heilige Schrift
gedenket, in besagten feyerlichen Gedichten vorgestellet werden sollen; wäre es freylich ihren Eigenschaften gemäß, daß sie sowol agiret, als gesungen und gespielet würden. Allein das heilige
Gepränge in den Sachen, wovon sie handeln,
wollen einige in ihrer Meynung bestärken, daß
es schier, auch so gar sie in die Musik zu bringen,
einer Entheiligung nahe komme. Was nun
diesen Gedanken einen Zuschub gab, war vermuthlich die Erwegung, daß die meisten Vor-
träge, welche zu den Opern dienen, aus weltlichen und fabelhaften Nachrichten geflossen sind.
Und ob gleich der Musik vergönnet sey, ihren
Beystand auch denjenigen Ortern zu leihen, wo
Gottes Ehre wohnet; (in places of Worship)
wäre

---

* Als eine nur ganz kleine Probe der Verbosität
können diese zwölf Sylben dienen, dazu man nur
drey bedurfte: nehmlich Franzosen. Perspicuitas
ubi es? M.

** Ein Gast- oder Wirthshaus.

wäre es doch, meynten sie, eine gefährliche
Neuerung, wenn man ihr das Vorrecht zustehen
wollte, daß sie auch förmliche Glaubensartikel
in Gast- und Wirthshäusern (in places of
Entertainment) bearbeiten mögte. Es käme
eben so heraus, als ob man einen Bund machen
wollte, zwischen zweyen Dingen, die, nach ge-
wöhnlicher Betrachtung, einander natürlicher
Weise zuwider wären, nehmlich Kirche und
Schaubühne. Zu den Zeiten, da eingeschränkte Begriffe gebräuchlicher waren, als itzo, und
da auch so gar kluge Leute sich mehr vom äusserlichen Schein, als von Gründlichkeiten, regieren
liessen, würde man durchaus keine Oratorien ge-
dultet haben. In erwehnten glücklichern Zeiten
war der Einfluß solcher Vorurtheile doch in der
That noch nicht stark genug, uns von besagten
schönen und eblen Vorstellungen auszuschliessen;
anitzo aber hat derselbe mehr Kräfte bekommen,
dieselben wol gar zu verderben. Denn, sind
nicht eben die Gründe, wodurch die Oratorien
zugelassen werden, auch mächtig genug, ihre
wirkliche Action oder persönliche Vorstellung zu
rechtfertigen?

Würden nicht die Bewegungen und Geber-
den, wenn sie mit der Sache und den Worten
übereinkämen, auch in solchen Kleidungen, die
sich zu dem Stande einer jeden Person schickten,
der ganzen Vorstellung mehr Nachdruck und
Vollkommenheit geben, folglich die Ergetzlich-

G   keit

keit viel vernünftiger und erbaulicher machen?
Esther und Athaliah von Racine, welche von
Lülly in die Musik gebracht, und auf Befehl
der Maintenon im Kloster zu St. Cyr aufgeführet worden sind, hatten alle Erfordernisse und
Vortheile einer theatralischen Nachahmung. Es
ist wirklich an dem, daß die besten Werke, in so
fern sie eigentlich dramatisch sind, ohne Beyhülfe einer gemässen Action und geschickten Klei-
dung, nothwendig einen solchen beträchtlichen
Theil ihrer Stärke, Lebhaftigkeit, Deutlichkeit
und ihres Geistes verliehren müssen, die uns
nur eine völlige, und mit allen gehörigen Umständen versehene Vorstellung vor Augen legen kann.
So lange nun keine ungereimte Characters dabey eingeführet werden, welches leicht zu ver-
meiden ist, kann man sich schwerlich einbilden,
was denn doch für andre Ungelegenheit aus der
fernern Vergünstigung, für welche hier gestritten wird, entstehen könne? Doch sey dieses alles, mit gänzlicher Unterwerfung, den gehörigen Richtern zur Entscheidung anheim gestellet.

Im Jahr 1729 oder 1730 waren Esther
und Debora auf dem Heumarkt mit gutem Beyfall aufgeführet worden; ja mit besserm Fortgange, als in Coventgarten, wie er es daselbst,
einige wenige Jahre hernach, mit ihnen versuchte.
Es scheinet, Händel habe nicht gnugsam bey sich
überlegt, was er für Gefahr bey diesem neuen
Unterfangen lauffen mögte. Die Entlegenheit
des

des besagten Coventgartens von jenen Theilen
der Stadt, wo sich der hohe Adel vornehmlich
aufhält; die Überbleibsel der noch nicht gedämpf=
ten, obgleich etwas geschwächten, Gegner; die
Schreib= und Singart der Oratorien, die jeder=
mann noch nicht recht zu fassen vermogte; —
diese, und vermuthlich einige andre Ursachen,
mögen wol anfänglich seine Anschläge rückgängig
gemacht haben. Weil er aber schon zu sehr ge=
wohnt war, Widerwärtigkeiten zu ertragen, ließ
er sich nicht abschrecken, sondern fuhr mit diesen
Concerten, welche sich vortreflich zu den Jahrs=
zeiten schickten, darinn sie gehalten wurden, ge=
trost fort, bis zum Anfange des 1741sten Jah=
res. Allein, da gewannen seine Sachen aber=
mal ein so schlechtes Ansehen, daß er nöthig be=
fand, eine neue Wanderschaft zu versuchen. Er
hoffte diejenige Begünstigung und Aufmunte=
rung in einer entlegenen Hauptstadt anzutreffen,
welche ihm London zu versagen schien: als wo=
selbst auch so gar sein Meßiah, ein so genanntes
Oratorio, sehr kaltsinnig aufgenommen worden.
Entweder war die Empfindung musikalischer
Vortreflichkeit so geschwächet, oder die Macht
der Vorurtheile so angewachsen, daß alles Be=
streben seines unvergleichlichen Geistes und Flei=
ßes nicht anschlagen wollte.

Dublin ist allemal berühmt gewesen, wegen
seines ergetzlichen und prächtigen Hofes, wegen
des Reichthums und Verstandes seiner vornehm=

sten

sten Einwohner sowol, als wegen der Tapferkeit
seiner Kriegsbedienten, und absonderlich wegen
seiner sinnreichen Gelehrten.   Von einem Orte,
wo solche Dinge schätzbar waren, machte er sich
die Rechnung, daß er sich den Weg zum Vortheil nicht besser bahnen könnte, als wenn er,
zum Anfange, ein rührendes Beyspiel gemeinnü-
tziger Handlung von Großmuth und Wohl-
thätigkeit gäbe. *   Den ersten Schritt that er
also in Dublin damit, daß er den Meßiah,
zum Nutzen der Gefangenen in den Stadtkerkern,
aufführte.   Ein solches Unternehmen zog nicht
allein die Liebhaber der Musik, sondern auch alle
Freunde der Menschlichkeit herbey.   Im Oratorio selbst lag schon ein gewisser Antrieb verborgen,
und Händels Zustand gab diesem einen gütigen
Zusatz.   Durch seine Reise nach Dublin, woselbst er zwischen 8 und 9 Monate zubrachte,
wurden seine Sachen auf bessern Fuß gesetzet.
Er war so willkommen, daß nicht nur daraus er-
hellte, was die Irländer von seinen ausserordentlichen Verdiensten hielten; sondern auch, daß
andre disseits der See, die sich wider ihn hatten
anwerben lassen, deswegen einen heimlichen Ver-
weis bekamen.   Herr Pope hat im vierten Buche seiner Dunciade etwas hievon angeführet.

Er

---

* On a beau être généreux & liberal, quand il n'en
  coute que des chansons, & que d'autres payent les
  violons, c'est en bon allemand : Mit der Wurst
  nach dem Schinken werfen. M.

Er stellet ein elendes Gespenst, in Gestalt ißiger italienischer Opern, vor, welches grosse Furcht zu erkennen giebt, und der Dummheit, die schon ihrer eignen Sicherheit halber genugsam beküm= mert war, dabey aufträgt, dem Übel vorzukom= men. Die poetischen Zeilen sind zwar wohl be= kannt; verdienen aber doch, wegen ihrer beson= dren Mahlerey, allhier ein Plätzgen. So lau= ten sie:

But soon, ah soon, rebellion will commence,
If Music meanly borrows aid from Sense:
Strong in new Arms, lo! giant *Handel*
     stands,
Like bold *Briarius* with his hundred hands;
To stir, to rouse, to shake the soul he
     comes,
And *Jove's* own thunders follow *Mars's*
     drums.
Arrest him, empress; or you sleep no mo-
     re —
She heard, — and drove him to the *hibernian*
     shore.

Bald aber, ja, sehr bald wird Meuterey ent=
     springen,
Wenn Tonkunst die Vernunft zu Hülfe rufen
     muß:
Dem Riesen, Händeln, wirds im neuen Helm ge=
     lingen,
Mit hundert Händen, seht! da steht *Briarius*;

Er

Er kommt, er weckt, er rührt, und will die Seel er-
schüttern,

Der Donnerkeil muß selbst vor Martis Trummel
zittern.

Halt ihn, o Kaiserinn; sonst liegst du schlaflos
da —

Sie hörts, — und treibet ihn bis in Hiber-
nia. *

Bey seiner Zurückkunft nach London, 1741—2,
waren die meisten Gemüther schon geneigter für
ihn: daher hub er gleich mit seinen Oratorien
wieder von neuem in Coventgarten an.   Das
erste Stück hieß Sampson (Simson).   Und zu
der Zeit, um mich der nachdrücklichen Worte des
Tacitus zu bedienen, hatte man Ursache zu sagen: Blandiebatur coeptis fortuna; Das Glück
schien ihn vielmehr zu schmeicheln und zu liebko-
sen, als aufzuhelfen und zu unterstützen.   Diese
Wiederkunft war seine güldne Zeit.   Zwar bekam er im Jahr 1743 noch einen gichtbrüchigen
Anfall, und gerieth auch, des Jahres darauf,
in die schwere Ungnade einer gewissen alamodi-
schen Dame, die alle ihre Kräfte anspannete,
ihm neue Feinde zu erwecken.   Allein, die Welt
konnte nicht lange in dem Glauben verharren,
daß ihre Kartengesellschaften, zur Fastenzeit, sich
so

* L. sagt: es gehöre mehr, als ein bloßer Rei-
mer, zu solcher Übersetzung aus dem Stegereiff.
Sed ego non credulus istis. M.

so wohl schickten, als seine Oratorien. Es ist
unnöthig, sich bey besondern Umständen aufzu=
halten, deren sich ein jeder noch leicht erinnert,
(Räthsel) oder solche Dinge harklein zu erzehlen,
die durchgehends bekannt sind. Genug, wenn
man nur der merkwürdigsten Sachen erwehnet:
Z. E. Seines Meßiah, der vormals mit solcher
Gleichgültigkeit aufgenommen worden; und nun=
mehro ein von allen Zuhörern beliebtes Favorit=
stück war. Wie es im Jahr 1741, zur Erleich=
terung der auf Lebenslang Gefangenen, ange=
wandt worden; so wurde es hernach dem Dien=
ste der unschuldigsten, hülflosesten und elende=
sten Menschenkinder geweihet. Das Waysen=
haus oder Fündlingsspital bestund schlechter=
dings auf einer gar mittelmäßigen Stiftung be=
sondrer Privatwohlthäter. Zu der Zeit, als
diese Einrichtung noch gleichsam ihr kindliches
Alter erst erreichet hatte; und jedermann von
dessen Nußen überzeuget schien; auch sonst kein
Zweifel mehr übrig war, als die Frage: wie es
möglich wäre, sothane Stiftung fernerhin zu un=
terhalten? — faßte Händel den edelmüthigen
Schluß, der Sache zu Hülfe zu kommen, und
seinen Meßiah jährlich einmal, zum Besten des
Hospitals, aufzuführen. Die Summen, wel=
che jedesmal herauskamen, waren sehr beträcht=
lich, und gewißlich von grosser Folge bey so be=
wandten Sachen. Was aber noch viel grös=
ser war, bestund in seinem berühmten Na=

G 4   men,

men, * und in der gemeinnützigen Eigenschaft, die sein Drama an sich hatte. Hiedurch ward eine unsägliche Menge hohen und niedrigen Adels angetrieben, sich nach dem Hospital zu begeben; und viele, die sich vorhin lediglich mit dem Beyfall solcher Anstalten vergnüget hatten, bestrebten sich hernach mit Ernst und Eifer, dieselben zu befördern und zu verbessern. Durch solche Springfeder wurde die Nation auch nachdrücklicher zu demjenigen angetrieben, was und worinn der eigentliche Zweck dieser Stiftung war und bestund. Daher kann man in Wahrheit behaupten, daß eines der edelmüthigsten und weitreichenden Liebeswerke, die jemals durch Weisheit gezeuget, oder durch menschliche Frömmigkeit entworfen worden, nicht nur seinen Fortgang, sondern auch sein Wohlergehen einigermaassen dem händelschen Schutze schuldig sey. **

Die beglückte Anwendung dieser Erfindung seines Geistes, zu solchem wohlthätigen Ende, brachte sowol dem Künstler, als der Kunst selber, keine geringe, sondern gleiche Ehre.

Er setzte seine Oratorien mit ununterbrochenem Beyfall, und mit einem Ruhm, der keinen Mitbuler zuließ, bis acht Tage vor seinem Tode, immer

---

* The magic of his Name, die Hexerey seines Namens. Noten waren seine Schwarzekunst. M.
** Hieben ging nichts aus seiner Tasche; vielmehr brachte es ihm Krebit, der besser ist, als Geld.

immer fort. Das letzte Concert dieser Art wurde den sechsten April gehalten, und er starb am
Sonnabend den 14ten besagten Monats, im
Jahr 1759. Den 20sten darauf begrub ihn Doctor Pearse, Bischof von Rochester, in der Ab-
tey zu Westmünster, woselbst seinem Andenken,
auf seinen eignen Befehl, und auf seine eigne
Kosten, ein Grabmal errichtet werden soll.

Im Jahr 1751 beraubte ihn schon die gutta
serena (der schwarze Staar, wobey das Auge
frisch und gesund zu seyn scheinet) seines Gesich-
tes. Dieses Unglück schlug ihn eine Zeitlang
gänzlich danieder. Er ruhete nicht, bis er einige
Operationes, die eben so fruchtlos, als schmerz-
haft waren, ausgestanden hatte. Weil er aber
fand, daß es ihm fernerhin unmöglich fallen
würde, den Oratorien allein vorzustehen, ließ er
den Hrn. Smith bitten, seine Stelle, mit Spielen und Aufführen, zu vertreten. *

Seine Verstandskräfte blieben völlig unver-
mindert, fast bis zur Stunde seines Abschieds,
wie solches aus den Arien, Chören und andern
Kompositionen erhellet, welche, in Ansehung ihres Dati, gleichsam als seine letzten Worte und
Aussprüche angesehen werden können! Dieses

G 5

schien

---

* Er blieb also 8 Jahre blind, bis an sein Ende.
Von einer so genannten Ehrensäule, und von der
Summe eines übermäßigen Nachlasses wird hier
nichts gemeldet; ob gleich viel Redens davon gewesen ist. M.

schien um so mehr zu bewundern, wenn man sich
erinnerte, zu welchem hohen Grad bisweilen seine Sinne, gegen das Ende seines Lebens,
verrückt waren.

Seine Gesundheit gerieth einige Monat vor
seinem Absterben nachgerade in Abnehmen. Er
merkte gar wohl, daß sich die letzten Tage her-
annaheten, und wollte sich mit der Hoffnung einiger Besserung gar nicht schmeicheln lassen.
Ein gewisser Umstand deutete sonderlich nichts
Gutes an, nehmlich, der gänzliche Verlust seines Appetits, der ihn auf einmal überfiel, und
desto verderblichere Wirkung hatte, bey einem
Menschen, der so, wie er, gewohnt war, eine
ungemeine Portion an Speisen und Nah-
rungssäften zu sich zu nehmen. Diejenigen,
welche ihn deswegen getadelt haben, daß er diesen niedrigen Trieben so übermäßig nachgehän-
get, hätten billig erwegen sollen, daß die Selt-
samkeiten seiner Leibesnothdurft eben so groß waren, als die Gaben seines Geistes. Schwelge-
rey und Üppigkeit sind Begriffe, die sich auf was
anders beziehen, nehmlich relativisch auf andre
Umstände; ausser der blossen Quantität und
Qualität. Es würde eben so unbillig seyn,
Händeln auf gemeiner Leute Essen und Trinken
einzuschränken, als einem Kaufmann in London
anzumuthen, daß er seine Tafel, wie ein schwei-
tzerscher Handwerksmann, besetzen sollte. Ich
will ihn gar nicht von allen Vorwürfen dieser

Art

Art losſprechen: denn ſo viel iſt gewiß, er wand=
te mehr Sorge darauf, als ſonſten jemand an=
ſtehet, er ſey auch wer er wolle: es dienet aber
zu ſeiner Entſchuldigung, daß er von Natur mit
einer ſolchen weitlichen Leibesbeſchaffenheit verſe=
hen; mit einem ſolchen auserleſenen Geſchmack;
und mit einem ſolchen begierigen Hunger bega=
bet; daß auch ſein Vermögen hinreichend war,
ſolchen Heiſchungen zu gehorchen, und der Na=
tur ein Genüge zu leiſten. So befand ſichs in
der That. Denn, auſſer den bisher angeführ=
ten Umſtänden, iſt noch ein andrer zu ſeinem
Behuf vorhanden: zu wiſſen, ſein unaufhörli=
cher und ſtetiger Fleiß in den Werken der Ton=
kunſt. Dieſe Arbeit erforderte beſtändige und
reichliche Verſorgung mit Lebensmitteln, um die
erſchöpften Geiſter, nach Nothdurft, zu erſetzen.
Hätte er, durch Übermaaſſe von dieſer Art, ſei=
ner Geſundheit oder ſeinen Gütern etwas abge=
brochen, ſo wäre es ein Laſter geweſen: weil
ſichs aber anders verhielt, war es höchſtens nur
für Unanſtändig zu halten. * Es würde einer
Affectation ähnlich geweſen ſeyn, wenn man al=
les dieſes mit Stillſchweigen hätte übergehen
wollen; weil ſo viel davon in Geſprächen und
Scherzreden vorgefallen iſt. Es wäre aber auch
eine Thorheit, ſich über dieſen Theil ſeines Le=
benslauffes ins Beſondre weiter einzulaſſen; ſin=
temal ſolches der in vorigen Blättern enthalte=
nen Abſicht zuwider ſeyn würde, als welche ein=
zig

---

* Sir. 38, 34. Phil. 3, 19. M.

zig dahin gehet: "dem Leser solche Zeichen seines
"Characters, als Mann, zu geben, die ge-
"wissermaassen seinen Character, als Künst-
"ler, entdecken und erläutern können. „ Wir
haben es für besser angesehen, dem Leser zu überlassen, daß er lieber aus der Lebensbeschreibung
selbst seinen Character abnehme, * als daß ihm
derselbe hier förmlich vorgeleget werde: welches
ein Gebrauch ist, der an dem Orte, wo er am
meisten nothwendig scheinet, nehmlich in Histo-
rien, noch keinen sonderlich grossen Nutzen ge-
schafft hat. Die Wahrheit ist in dergleichen stu-
dirten Vorstellungen der Charactern gar selten
zu Rathe gezogen, und der beständige, einför-
mige Widerspruch verschiedener Eigenschaften,
welche mit grossem Zwang und Druck dahin gebracht werden, daß eine die andre aufhebt,
macht aus den meisten eingebildeten Characteren
nichts anders, als nur weiter ausgedehnte Gegensätze; und man wird sie kaum jemals, in irgend einer einzigen Person, solchergestalt antreffen. Dennoch aber wird diese unächte Brut der
Affectation und des Witzes aller Welt aufge-
drungen: als käme ihr Ursprung aus der Erziehung und Natur her. Oberwehnter Vergleich
des Mannes mit dem Künstler läßt uns demnach richtig schliessen, daß die Verbindung der
Nachrichten von seinem Leben mit folgenden Anmerkungen, über dessen Kunstwerke, näher zu-

sammen

* Wenn dieses geschähe, würden Künste und Sitten
Gegensätze genug machen.

sammen hangen, als man sich anfänglich wol kaum eingebildet hat. Wie weit nun jene Materialien einer ordentlichen Abfassung werth gewesen seyn mögen? das läßt sich alsdann erst am besten bestimmen, wenn sie, in dieser Absicht, untersucht werden. Wie weit sie aber wirklich schon wohl angeordnet worden sind? das ist gar eine andre Frage, die ein jeder für sich selbst schon auflösen wird; nur mit Ausnahme dessen, der sich zu diesem Versuche hat gebrauchen lassen. Hätte er sie aber nicht mit vielem Fleiße gesammlet, so wie sie denn nun auch sind; würden solche Materialien ohne Zweifel, innerhalb weniger Jahren Frist, ganz verlohren gegangen seyn. Weiter hat er nichts beyzufügen, als nur sein wohlgemeyntes Wünschen, daß ein jeder Künstler, der in seiner Profeßion Verdienste besitzet, auch eine Person antreffen möge, die ein gleichmäßiges Verlangen hege, seinem Andenken (ohne andre zu beschimpfen, quae addo) Gerechtigkeit wiederfahren zu lassen!

"Dieser Wunsch ist so gütig, als vernünftig.
"Er beweiset den Glauben des Verfassers, daß
"auch noch Leute hinter seinen Bergen wohnen
"müssen, die, ihrer Künste halber, eben so
"wohl Ehre verdienen, als Händel. Ach!
"wie sauer hat sichs (der Ehrenpforte zu ge:
"schweigen) die grosse Generalbaß=Schule
"dieserwegen werden lassen; auf deren Verfas:
"sers Bildniß, unter andern, folgende übertrie:
"bene,

" bene, noch ungedruckte Verse, gar nicht sei-
" nent, sondern der Poeten halber, denen
" alles erlaubt ist, vom Untergange errettet zu
" werden, verdienen; ob sie gleich schon 35 Jahr
" alt sind: "

" Hunc stupe, divino qui dulcia nectora
cantu

" Fundit, & ingenuis salibus te vellicat, auris.
" *Effigiei apponendum.*
" L. F. HUDEMANNUS, J. V. D.

" Sic caelata, vigil, pulcra conamina, pulcra
" Ora MATHESONII, Daedalus arte
refert;

" Pulcrior ast, pulcrum, pulcerrima FACTA
per orbem

" Praedicat Amphion, Suada Themisque
viri.

" *Posui L. meritoque* GREBER.

" Hamburgi, die 22 Julii, 1726. *

" Was soll man sagen: Bach, Fux, Graun,
" Graupner, Grünewald, Heinichen, Rei-
" ser 2c. sind darüber weggestorben; vieleicht
" gehts mit Hasse und vielen andern eben so:
" Sie sollten doch wissen, daß Plerique suam
" ipsi vitam narrare fiduciam potius mo-
" rum, quam arrogantiam arbitrati sunt.
" *Tacit. in vita Agricolae, cap.* 1.   Doch,
" wenn man ihnen vom Tacito was sagt, so
" antworten sie auch aus dem Tacito; doch
" nicht aus eben dem Cornelio. " M.

Ver-

* Ridiculous panegyricks.

Verzeichniß

der von

Georg Friderich Händel

verfertigten Werke.

Meines Bedünkens können diese Werke, die alle miteinander zur musikalischen Ausübung gehören, am bequemsten in drey Ordnungen gefasset und gestellet werden, nehmlich in Kirchenmusik, in theatralischer, und in Kammermusik; welche sich hiernächst in zehn Unter= oder Nebenklassen theilen, als: 1) Anthems* und Te Deum; 2) Oratorien; 3) Opern; 4) Concerte, für Instrumente; 5) Sonaten, mit zwo Violinen und dem Baß; 6) Handsachen oder Suiten fürs Klavir; 7) Kammerduette; 8) Terzetten; 9) Kantaten und Pastorale; 10) Gelegentliche, oder festliche Stücke.

Im

* S. die völlige Bedeutung dieses Worts in der Ehrenpforte p. 98. M.

Im folgenden Verzeichnisse befinden sich verschiedene Kompositionen, z. E. Allegro ed il Penscroso, Triumph der Zeit und Wahrheit ꝛc. welche unter die Oratorien gezehlet worden: weil sie nach ihrer Art aufgeführet sind; ob sie gleich eigentlich nicht zu solcher Gattung gehören. Zwar kann man auch nicht sagen, daß ihnen eine oder andre obiger Klassen einzuräumen sey; es stehet vielmehr fest, daß sie nicht wichtig genug sind, eine besondere Abtheilung in den niedrigen Fächern zu verdienen, eben so wenig, als die Wassermusik eine Stelle in den höhern haben kann.

Was den Triumph der Zeit und Wahrheit betrifft, besteht derselbe meistentheils aus eben denselben Sätzen, als Il Trionfo del Tempo, so viele Jahr vorher schon in Rom gemacht, hernach Ao. 1757 wiederum erweckt, und nur einmal auf dem Heumarkte, italienisch, vorgestellet worden ist, zu der Zeit, da die Oratorien erst ihren Anfang nahmen.

Eine grosse Menge solcher Sachen, die in Italien und Deutschland schriftlich ans Licht getreten, ist in gegenwärtigem Verzeichniß nicht berühret, und unbekannt, wie viel davon annoch hin und wieder vorhanden seyn mögen. Zwo Kisten voll sind in Hamburg * geblieben, ohne was

* Wir Hamburger haben bisher noch nichts von diesen beyden Kisten vernommen. In Wich seinem Spielbuche von 1704 stehen zwo Menuetten und eine halbe Arie, das ist alles. M.

was in Hanover, und auch etwa in Halle befind:
lich ist.

Theatralische Musik.
Opern.

Almira, gemacht und aufgeführt in Hamburg	1704
Nero	1705
Florindo	
Daphne	}1708*
Rodrigo — Florenz.	
Agrippina — Venedig.	
Il Trionfo del Tempo — Rom.	
Acige e Galatea — Neapolis, sind 2 Se: renaten.	
Rinaldo, London	1710
Teseo	

Ama:

* Von diesen vier ersten Opern stehen die unstreiti:
gen Data im musikalischen Patrioten, 4to, 1728.
p. 186. 187. und gehören zum hamburgischen Ar:
tikel; die vier folgenden Stücke aber zum italieni:
schen : und weil die Data derselben hier im Ver:
zeichnisse fehlen, ist daher die Verwirrung der
Jahre entstanden. Ao. 1708, und länger, war
Händel noch in Hamburg; Ao. 1710 aber schon
in London, wie p. 60 und 67, auch hier oben, ste:
het; doch soll er inzwischen sechs Jahr in Italien,
hernach in Hanover, in Halle, in Düsseldorf ge:
wesen seyn; wie p. 56 u. f. gemeldet wird: wer
kann das begreiffen? M.

H

Amadige, London	:	:	1715
Pastor Fido,	:	:	1715
(vacuum)			
Radamisto,	:	:	1720
Muzio Scevola,	:	23 März,	1721
Ottone,	:	:	10 Aug. 1722
Floridante,	:	:	1723
Flavio,	:	:	7 May, 1723
Gulio Cesare,	:	:	1723
Tamerlane,	:	:	23 Jul. 1724
Rodelinda,	:	....	20 Jan. 1725
Scipione,	:	:	2 März, 1726
Alessandro,	:	:	11 Apr. 1726
Ricardo,	:	:	16 May, 1727
Ameto,	:		26 May, 1727
Siroe,	:	:	5 Febr. 1728*
Ptolemeo,	:	:	19 Apr. 1728
Lotario,	:	:	16 Nov. 1729
Partenope,	:	:	12 Febr. 1730
Poro,	:	:	26 Jan. 1731
Sosarme,	:	:	4 Febr. 1732
Orlando,	:	:	20 Nov. 1732
Ezio,	:	:	1733
Ariana,	:	:	5 Oct. 1733
Ariodante,	:	:	24 Oct. 1734
Alcina,	:	:	8 Apr. 1735 **
Atalanta,	:	:	20 Apr. 1736
Giustino,	:	:	7 Sept. 1736
			Armi-

* Auf die Vermählung der Prinzeßinn von Oranien.
** Auf die Vermählung des Prinzen von Wallis.

Arminio, London   ⸱   30 Octob. 1736
Berenice,   ⸱   ⸱   18 Jan. 1737
Faramondo,   ⸱   24 Dec. 1737.
Alessandro Severo,   ⸱

Pasticcio.

Serse,   ⸱   ⸱   6 Febr. 1738
Immeneo,   ⸱   10 Octob. 1740
Deidamia,   ⸱   ⸱   20 Octob. 1740

Oratorien.

Debora,   ⸱   ⸱   21 Febr. 1733
Esther,   ⸱   ⸱
Athalia,   ⸱   7 Jun. 1733
Alexanders Fest,   ⸱   17 Jan. 1736
Israel in Egypten,   ⸱   11 Octob. 1738
Allegro ed il Penseroso,   ⸱   1739
Saul,   ⸱   ⸱   1740
Meßias,   ⸱   12 Apr. 1741
Sampson,   ⸱   ⸱   12 Octob. 1742
Semele,*   ⸱   4 Jul. 1743
Susanna,   ⸱   ⸱   9 Aug. 1743
Belsazer,   ⸱
Hercules,   ⸱   ⸱   17 Aug. 1744
Gelegentliches Oratorio,**   1745

H 2   Judas

---

* Eine in engländischer Sprache abgefaßte Oper, die
  man ein Oratorio genannt hat, und im Covent‐
  garten aufgeführet ist. Die Worte sind von Con‐
  greve.
** Bey Gelegenheit des Sieges, welchen der Herzog
  von Cumberland bey Culloden erfochten hat.

Judas Macchabäus,   11 Aug. 1746
Joseph,   1746
Alexander Balus,   30 Jun. 1747
Josua,   18 Aug. 1747
Salomon,   13 Jun. 1748
Theodora,   18 Jul. 1749
Jeptha,   20 Aug. 1751
Triumph der Zeit und Wahrheit.

Serenaten.

Il Trionfo del Tempo, Rom.
Acige e Galatea, Neapolis.
        (sind beyde schon in Opern vorgewesen.)
Acis und Galatea, für den Herzog von Chan-
        dois, 1721 *
Parnasso in Festa , ein italienisches Stück am
        Heumarkt.
Choice of Hercules: Herkules Wahl.

Kirchenmusik.

Ein grosses Te Deum und Jubilate auf den
        Utrechtischen Frieden, 1713.
Vier Krönungsstücke, 1727.
Verschiedene Moteten, 1717.
— — 1720 für den Herzog von Chandois.
Mehr dergleichen zum Begräbniß der Königinn
        Caroline, rc. etwa 23 Stücke.
Drey andre Te Deum, eines, wegen des Sie-
        ges bey Dettingen.

                                        Kant:

        * Poesie vom Hrn. Gay.

Kammermusik.

Kantaten, etwa 200, in Hanover ꝛc. gemacht.

Kammerduetten, 12 in Hanover, 2 in Engeland.

Serenaten, die meisten ausserhalb England: eine für die Königinn Anna.

Instrumentalsachen.

Wassermusik.

Concerte.

Sonaten für 2 Violine und Baß.

Klavirsuiten.

Zwölf grosse Concerte.

Zwölf dito für die Orgel.

Anmer

Anmerkungen

über

Georg Friderich Händels Werke.

Ehe wir zur Untersuchung der händelischen
Werke schreiten, wird nöthig seyn, die Bedeutung einiger Wörter anzuzeigen, welche, bey
andern Gelegenheiten, ohne sonderliche Obacht,
aber vieleicht nimmer mit weniger Vorsicht gebraucht worden sind, als wenn es musikalische
Dinge betroffen hat. Es wird erfordert, solche
wohl zu verstehen: wir mögen nun die Gründe
harmonischer Vortreflichkeiten erklären, oder ihre Gattungen unterscheiden, oder deren Grade
schätzen wollen: so müssen wir unsre Zuflucht zu
diesen Ausdrücken nehmen. Eine deutliche Erkenntniß des Unterwurfs, dazu sie angewandt
werden, wird uns zu ihrem wahren Verstande
anführen.

Die Tonkunst beruhet auf wohlgefaßten Regeln und Gründen. Es giebt gewisse Verhältnisse und Vergleichungen zwischen Klängen und
ihren Wirkungen, welche stets und ordentlich,
durch verschiedene Vereinigung, Stellung und
Verbindung, hervorgebracht werden. Es ist
fast überflüßig, Ausnahmen zu machen in Ansehung

hung derer, die keine Musik lieben, oder nimmer
auf ihre Wirkungen Acht haben.   Der Abt dû
Bos sagt: Il est des hommes tellement insen-
sibles à la Musique, & dont l'oreille (pour me
servir de cette expression) est tellement eloi-
gnée du coeur, que les chants les plus natu-
rels ne les touchent pas.   D. i. " Man findet
" Leute, die bey der Musik so unempfindlich,
" und deren Ohren (so zu reden) so weit vom
" Herzen entfernet sind, daß sie auch von dem
" allernatürlichsten Gesange keinesweges gerüh-
" ret werden. „   Die Regeln aber der Tonkunst
entspringen aus der Erfahrung und Beobachtung,
welche uns lehren, was für ein Kunstgebäude,
oder welche Einrichtung der Klänge dem Gehör
am gefälligsten sind.   Ein deutlicher Begriff dieser Regeln, und die Geschicklichkeit, solche klüglich anzuwenden, führen den Namen der Erkenntniß oder Wissenschaft: und diese allein, ohne grosse Erfindung und Geschmack, kann
schon einen leidlichen Setzer machen; aber wenn
(beyde hinzukommen, oder auch nur) eine
von ihnen beytrit, wird ein Meister daraus.

Diese Meister mögen nun in zween Hauffen
eingetheilet werden, nachdem ihr vornehmstes
Verdienst entweder in der Erfindung, oder im
Geschmack bestehet.   Die Ersten scheinen eine
lebhafte und geschwinde Ausspürungskunst rei-
ner, und bisher noch nicht wahrgenommener Verhältnisse zu besitzen: indem sie dieselben nach ei-

ner

ner ungewöhnlichen Art, oder in verschiedener
Ordnung miteinander verbinden, und dadurch
eine glückliche Anwendung auf besondere Unter:
würfe treffen; vornehmlich auf solche, die von
wichtiger oder angelegentlicher Eigenschaft sind.

Welche nun einen erfinderischen Geist ha:
ben, die werden von den gemeinen Regeln abge:
hen, um uns durch Nebenwege desto mehr zu ge:
fallen. Dergleichen Abweichungen muß man
als kühne Streiche betrachten, oder als vermes:
sene Sprünge der Phantasie. Auf Regeln sind
sie nicht gegründet; sie geben aber selbst Gründe
der Regeln ab.

Andrer Seits werden diejenigen, welche einen
guten Geschmack besitzen; oder eine genaue Ein:
sicht in die kleinesten Umstände des Wohlgefal:
lens haben, die vorigen Erfindungen schmücken,
zieren und ausbessern; auch dabey den Regeln
genau anhangen; und sie so gar noch bündiger
machen. (Bey uns scheinet der Geschmack sich
weiter zu erstrecken.)

Hieraus mögen wir die Ursache entdecken,
warum grosse Erfindung und ein vollkommener
Geschmack sich selten, oder auch wol nimmer,
beyeinander antreffen lassen; ob gleich der eine
oder die andre mit der Erkenntniß oder Wissen:
schaft in gutem Vernehmen stehen.

Wir mögen auch daher abnehmen, daß die
Gaben der händelschen Musik am wenigsten von
den Liebhabern der Zierlichkeit, Schönheit oder
Rich:

Richtigkeit bemerket oder geschätzet werden ; ein
jeder Mangel dieser Art ist ihnen anstößig, indem ihr eigner Character sie hindert , jene Vortreflichkeiten , die von höherer Würde sind, ein-
zusehen , womit Händel alle andre Tonkünstler
übertrifft : Vortreflichkeiten, die sich schwerlich
zu der stetigen Beobachtung solcher genauen Umstände schicken, von welchen eigentlich die Schönheit des Gesanges abhängt.   Weil also der Geschmack eine natürliche Empfindung, und eine
gewohnte Aufmerksamkeit über erwehnte Umstände in sich begreifft; so fällt alles, was dieselben
vernachläßiget, unter seine Gerichtbarkeit.   Da
nun diese genaue Eigenschaft einer zarten und
furchtsamen Natur ist, befindet sich dieselbe desto
geneigter, jene kühnen Streiche und strengen Züge, woran das Genie sein Vergnügen findet,
entweder für was Grobes, oder für eine Aus-
schweiffung zu halten.   Wenn sie aber einen Versuch wagen will, solche Säße zu züchtigen oder
zu corrigiren, so trit sie aus ihrem Element.
Kunst ist hier nicht nur unbrauchbar, sondern
auch gefährlich.   Das ursprüngliche Wesen wird
gar leicht dadurch vernichtet ; und es kann doch
nichts Artiges herauskommen : wenns auch geschehen könnte, wäre es doch , auf Kosten der
Erfindung, zu theuer erkauft : denn durchgehends hat niemand so viele Niedlichkeit an sich,
daß er von jedem kleinen Merkmale der Schönheit stark gerühret werde; sondern die Menschen

H 5   sind

sind vielmehr überhaupt so geartet, daß sie nur
von dem geringsten Zeichen dessen, was Groß
und Hoch ist, entzücket werden. (Das ist
wahr.)

Was mich desto völliger überredet, der Wahr=
heit dieser Gründe versichert zu seyn, besteht dar=
inn, daß sie mit den folgenden Anmerkungen
übereinstimmen, die ein gewisser Freund, der
die Sache vollkommen verstehet, mir mitzuthei=
len die Güte gehabt hat.   Hier sind sie:

" Weil die Partenlichkeiten und Vorurtheile
" ziemlich hoch gestiegen sind, eines Theils zu
" Händels Behuf, andern Theils aber die Ita=
" liener zu begünstigen, werde ich mich bemü=
" hen, diese Sache mit geziemender Gemüths=
" billigkeit zu betrachten, und die beyderseitigen
" Verdienste, nach der besten Beurtheilung,
" auf einen festen Fuß zu setzen. „

" Der Geschmack in der Tonkunst, sowol bey
" Deutschen, als Italienern, richtet sich nach
" den verschiedenen Eigenschaften der Nationen.
" Die Ersten sind von Natur strenge und krie=
" gerisch* gesinnet; ihre Musik thut starke Wir=
" kung, ohne grosse Zierlichkeit, unter dem ste=
" tigen Gerassel vieler und mancherley Instru=
" menten.   Die Italiener hergegen, mittelst ih=
" rer ungemeinen Empfindung und des lebhaf=
" ten Gefühls, haben sich beflissen, in ihrer
                              "Musik

* Das ist doch wol nicht phlegmatisch, wie p. 27.
stehet.

" Mufik alle Bewegungen der Seele auszudru-
" cken, von den allerzärtlichsten Liebestrieben an,
" bis zu den allerheftigsten Ausbrüchen des Haf-
" ses und der Verzweiflung ; und zwar am mei-
" sten durch die Modulirungen einer einzigen
" Stimme. „

" Händel bildete seinen Geschmack nach Art
" seiner Landsleute; allein die Grösse und Hoheit
" seines Geistes trieb denselben noch dermaaßen
" empor, daß man darüber erstaunen muste.
" Einige der besten italienischen Meister sind,
" durch die Niedlichkeit ihres Gesanges, so tief
" in die verschiedenen Leidenschaften des menschli-
" chen Herzens hineingedrungen, daß man fast
" sagen kann, sie haben sie alle in ihrer Macht;
" wenigstens bey denen, deren lebhafte Empfin-
" dung mit den ihrigen beynahe zu einerley Hö-
" he gestiegen sind. „

" Wenn wir nun diese beyde Arten der Ton-
" kunst in solcher sehr verschiedenen Lage ansehen,
" als solche von Händel und den besten Italie-
" nern ausgeübet, und zu gleich grosser Voll-
" kommenheit gebracht sind ; so dürfen wir uns
" gar nicht verwundern, daß eine jede derselben
" ihre hitzigen Verfechter gefunden hat.   Von
" Händels Musik muß man zugeben, daß sie,
" ohne die wesentlichen Verdienste zu rechnen,
" vor der italienischen den Vorzug gehabt habe.
" Die Vollstimmigkeit, Stärke und Muthigkeit
" derselben schicket sich wunderwürdig wohl zu
                                                    " den

" den gemeinen Eindrückungen und Ver-
" nehmungen des menschlichen Geschlechts
" überhaupt, die mit einer kleinen Härtigkeit
" erweckt werden müssen, und nicht leicht durch
" Verzärtelung in Gang zu bringen sind.   Es
" wird hier nur die allgemeine Beschaffenheit
" des händelschen Geistes dem italienischen ent-
" gegen gesetzet: denn ob sich gleich seine Setz-
" art mehr, als irgend eine andre, zum gros-
" sen und erhabnen Ausdruck schwunge; so über-
" traff er doch auch bisweilen die Italiener
" selbst,   in Gemüthsbewegungen und patheti-
" schen Dingen.   Es erhellet solches aus ver-
" schiedenen sonderlichen Beyspielen,   die wir
" alsobald anzuführen Gelegenheit haben, und
" von andern, die noch beygebracht werden könn-
" ten.   Daß diese Exempel aus der Acht gelaß-
" sen worden, daran sind die häuffigeren Muster
" Schuld,   die in seinen Oratorien und ander-
" wärts das Gegentheil beweisen.   Auf diese
" Art nimmt er alle unparteyische Gemüther ein.
" Denn, durch seine erhabne Züge, deren er
" viel hat, wirket er mit eben der Stärke sowol
" auf die Klügsten,   als auf die Unwissenden.
" Noch ein andrer Vortheil, den er über die
" Italiener besitzet, rühret von ihnen selber her.
" Die grosse Menge schlechter Musikalien, die
" wir aus Italien gehabt haben,   erreget bey
" vielen ein Vorurtheil wider die guten.   Und
" hier dürfte es nicht ungereimet seyn, etwas
                                             "von

" von dem ißigen Zuſtande der italieniſchen Ton=
" kunſt zu erwehnen. „

    " Die alte Muſik, wie ſie daſelbſt zu Pale=
" ſtrins Zeiten beſchaffen war, und von tüchti=
" gen Komponiſten im Kirchenſtil herrührte, er=
" forderte eine Menge Singſtimmen zu ihrer Auf=
" führung : die Harmonien waren vollſtändig
" und variirt; der Vortrag aber geſchah mittelſt
" lauter Fugen und Nachahmung in allen Thei=
" len. Hiezu gehörte ſowol eine groſſe muſikali=
" ſche Wiſſenſchaft, als auch ein eignes Genie:
" maaſſen ſich damals niemand für einen Kom=
" poniſten ausgeben durfte, der nicht mit einer
" tiefen Gelehrſamkeit in den Regeln der Setz=
" kunſt verſehen war. Es fügte ſich, wie na=
" türlicher Weiſe geſchehen muß, wenn Männer
" von groſſer Fähigkeit an Geiſt und Wiſſenſchaft
" ſich auf die Tonkunſt legen, daß beſtändiglich,
" von einem oder andern Orte, Verbeſſerungen
" zu gröſſeren Vollkommenheiten einlieffen: und
" hiedurch erhielt diejenige Kunſt, welche auf
" die Modulation einer einzigen Singſtimme ge=
" wandt wird, von Tage zu Tage weitere Grän=
" zen, zur Erregung verſchiedener Leidenſchaften
" und Gemüthsbewegungen; bis endlich Vinci
" und Pergoleſi es damit zu derjenigen höchſten
" Stuffe brachten, davon wir bisher einigen
" Begriff haben können. Nebſt dieſem auser=
" leſenen Verfahren mit der menſchlichen Stim=
" me, erwieſen ſie auch gleichmäßige Kunſtſtücke
                                       " mit

" mit den Instrumenten, die zur Begleitung
" dienten: denn die Führung derselben war so
" klüglich eingerichtet, daß sie den Sängern im=
" mer neue Schönheiten gaben, ohne dieselben
" zu unterdrucken. „

     " Ich kann nicht umhin zu bedauren, daß seit
" dieser Zeit die Sangweisen der Italiener je
" länger je mehr in Verfall gerathen sind. Und
" in Ansehung der gegenwärtigen Beschaffenheit
" ist wol wenig Ursache zu hoffen, daß sie sich
" wieder in Aufnehmen bringen sollten. Den
" italienischen Komponisten stehen insonderheit
" zwey Dinge stark im Wege, woraus, meines
" Begriffs, alle ihre läppische und schaumichte
" Sachen entspringen, die wir anitzo haben. Ei=
" nes derselben ist die wenige oder kurze Zeit,
" welche sie zu deren Verfertigung nehmen.
" Denn es hat nicht so bald ein anwachsender
" Geist die Merkmale seiner Geschicklichkeit spü=
" ren lassen, so sind die Eigner oder Inhaber
" der meisten italienischen Opernhäuser hinter
" ihm her, und treiben ihn an, daß er für sie
" etwas setze. Der junge Mensch denkt, sein
" gutes Gerücht gehe schon über alle Welt, und
" bestrebet sich daher, das Eisen zu schmieden,
" weil es noch warm ist; übernimmt demnach so
" viel Arbeit, als nur möglich in vorwesender
" Zeit auszurichten stehet. Dieses verbindet ihn,
" alles und jedes hinzuschreiben, was ihm nur
" einfällt: und auf solche Art wird seine Oper
                                   "haupt=

" hauptſächlich aus alten verlegenen Stellen in
" Eil zuſammengefügt, ohne neuen Schwung,
" weder im Ausdruck, noch in der Harmonie.
" Faſt ein jeder ſinnreicher Setzer in Italien
" giebt hievon ein Exempel ab. Dasjenige aber,
" was mir ſo eben am helleſten in die Augen
" fällt, iſt der gute Jomelli, der ſich in eini=
" gen Sachen ſo erwieſen hat, daß man ihn mit
" einem jeden ſeiner Vorgänger in der Kompoſi=
" tion gar wohl vergleichen kann; da er in vie=
" len andern Stücken aber auch nicht einmal
" über den gemeinen Hauffen hervorraget. Die
" andre Schwierigkeit, mit welcher die italieni=
" ſchen Opernkomponiſten zu ringen haben, be=
" ſtehet in dem unrechtmäßigen Einfluß, welchen
" die Sängerinnen und Sänger in ihre Arbeit
" behaupten wollen. Ein guter Sänger oder
" eine gute Sängerinn ermangelt ſelten, ſich zu
" ihrem Behuf einen ſolchen Anhang zu machen,
" dem kein kluger Komponiſt zu misfallen trach=
" ten wird. Dieſer Umſtand bringet ihn eini=
" germaaſſen dahin, daß er ſich dem Sänger,
" wegen der ihm beſtimmten Arien, unterwerfen
" muß: welches in der That eben ſo viel iſt, als
" ob dem Komponiſten eine in der Muſik ſchier
" unerfahrne Perſon etwas vorſchreiben, und,
" ſich nur auf der Bühne brüſten zu können,
" allerhand Tücke und liſtige Ränke ſpielen woll=
" te, die nur zu erfinden oder zu erlernen ſind. „

"Da

" Da es also mit den italienischen Komponi=
" sten anitzo diese Beschaffenheit hat, ist es kein
" Wunder, daß ihr Machwerk so dünn und lo=
" cker ausfällt: denn, wie kann man vermuthen,
" daß ein Setzer sich alle mögliche Mühe geben
" sollte, da ihm der geringe Gehalt, den er für
" seine Opern hat, kaum das Brodt verschafft,
" dafern er viele Zeit daran wendet; und daß er
" endlich auch Brodt und Ehre dabey in Gefahr
" setzt, wenn er einem begünstigten Sänger nicht
" allemal zu Gefallen lebt? „

" Aus dem allen, was gesagt ist, wollte ich
" schliessen, daß sowol diese, welche ohne Unter=
" schied Händels Werke verachten, als jene,
" welche gleichergestalt die italienische Setzkunst
" verwerfen, beyderseits als in Vorurtheilen ste=
" ckende oder unwissende Richter zu tadeln sind.
" Ich wollte es demnach allen rechtschaffenen
" Liebhabern der Musik anrathen, daß sie in
" Aufrichtigkeit, ja, auch so zu sagen, mit ei=
" niger Ehrerbietigkeit, die Arbeiten solcher Män=
" ner untersuchten, deren grosse Gaben, in ih=
" rem Beruf, der menschlichen Natur Ehre er=
" weisen. Ich halte es für höchstwahrscheinlich,
" daß alles, was etwa in Händels Sachen Zärt=
" liches anzutreffen ist, durch seine Reise nach
" Italien erhalten worden sey; und daß gleich=
" falls die Italiener ihm die Einrichtung derje=
" nigen Instrumentalsätze schuldig sind, welche
" die Singstimmen begleiten: als worinn es ei=

"nigen

" nigen wenigen unter ihnen vortreflich wohl
" von Statten gangen.   Man mag auch, zum
" Beweise des Einflusses, welchen seine Setzart
" in Italien gehabt, als eine ungezweifelte
" Wahrheit dahin ziehen, daß die Waldhörner
" daselbst niemals vorher zur Begleitung der
" Singstimmen gebraucht worden, ehe sie Hän=
" del solchergestalt eingeführet hat. „

    " Es mögen aber nun die Italiener ihre
" Rechnung, bey Einrichtung der Instrumental=
" sätze zu den Singstimmen, noch so wohl gefun=
" den oder gemacht haben, ist doch gleichwol ein
" Ding übrig, darinn Händel allein Meister
" geblieben ist, und worinn es ihm schwerlich je=
" mals ein andrer gleichthun wird: ich meyne,
" in den Instrumentalsätzen seiner Chöre und
" vollstimmigen Kirchenmusik. *   Hierinn hat
                                          " er

* Dieses hat seine Richtigkeit; es rührte aber alles
vom Zachau und vom Orgelschlagen her.
Deutschland ist das Vaterland aller starken Har=
     monie, aller Orgelkünste, Fugen und Choräle,
     zum Gottesdienste;
Italien hat die Melodie zur Tochter, mit Sän=
     gerinnen, Sängern und sehr feinen Sologei=
     gern, zur Gemüthsbewegung;
Frankreich bringt seine prächtigen Chöre, Instru=
     mental= und Tanzmusik, zur Ergezlichkeit,
     hervor;
Und den Engländern überlassen wir billig die Be=
     wunderung und Belohnung dieser Seltenheiten,
     p. t. zum Ruhme. M.
                           I

„ er unzehlige Proben seines ungebundenen Gei=
„ stes dargeleget. Kurz, es regiert in denje=
„ nigen Werken, die er durch Verbindung der
„ Instrumente mit den Singstimmen vollendet
„ hat, ein solch erhabnes Wesen, daß vielmehr
„ eine unmittelbare Eingebung, als eine bloße
„ musikalische Wissenschaft, daraus erhellet. „

Damit wir gleichwol ein gesundes Urtheil
über seine Tonkunst fällen, müssen wir unser Au=
genmerk beständig auf derselben zwo verschiedene
Gattung richten: nehmlich, auf das Instrumen=
tal= und Vokalwesen.

Die Vortreflichkeit des Ersten beruhet auf der
Stärke und Völligkeit der Harmonie; des An=
dern, auf der Lieblichkeit und dem eigentlichen
Nachdruck der Melodie. Das Erste muß mit
einer gewissen Einschränkung verstanden werden:
denn, unsre Meynung ist nicht, daß die Vor=
treflichkeit der Instrumentalmusik überhaupt in
einer starken harmonischen Völligkeit bestehe;
sondern nur, daß sie durch diese Vollstimmigkeit,
als in einem Gegensatz, von der Vokalmusik un=
terschieden werde. Tartini seine Concerte, und
andrer Komponisten ihre Instrumentalsachen vom
ersten Range sind starke Proben, daß es dabey
mit der Harmonie allein nicht ausgerichtet sey:
alldieweil die Schönheit derselben allezeit mehr
in der höhern und ungemeinern Anmuth der
Melodie, als in der Vollstimmigkeit an ihr
selbst gefunden wird; ob diese gleich, nach ihrer
Art,

Art, vortreflich und unvergleichlich wohl beschaffen seyn kann, die Ausdrückung der vornehmsten Partey zu zieren, zu erhöhen und zu
stärken.

Es mag aber besagte harmonische Fülle, welche in der Instrumentalmusik wesentlich ist, in
einigen Fällen der Vokalmusik leicht zu nahe tre-
ten, wo nicht gar ihre Vollkommenheit vernich-
ten. Rousseau hat diese Materie, in seinem
Briefe von der französischen Musik, wunderwür-
digst entwickelt. Und eben in diesem Stücke ist,
meines Bedünkens, Händel bisweilen auf dem
unrechten, die besten italienischen Komponisten
aber sind auf dem rechten Wege ; ob ich gleich
meine Begriffe von ihrer Vollkommenheit eben
nicht so weit treibe, als Rousseau thut.

Weil nun Opern und Oratorien allerdings zu
der Vokalklasse gehören, müssen auch ja die
Arien und Recitative, als vornehmste Theile derselben, dahin gezogen werden. Dennoch haben
einige Symphonien und Begleitungen, an Statt
diese Theile in ein rechtes Licht zu setzen, dieselben, durch ihren angenommenen, eignen und
gröffern Glanz, nicht nur verdunkelt ; sondern
auch wol gar verschlungen. Seine ungemeine
Stärke in Instrumentalsätzen, die er natürlicher
Weise gern an Mann bringen wollte, mag wol eine
von denen Ursachen seyn, aus welchen er diesen Fehler begangen hat. Eine andre war vielleicht die
Untüchtigkeit etlicher Sänger: denn es war nie-

mals

mals eine Oper, darinn sich lauter gute befan=
den.   Ein vernünftiger Komponist wird allemal
Sorge tragen, daß die schlechtesten Stimmen am
wenigsten zu thun finden; wenn aber die Instru=
mente, durch ihre herrschende Harmonie, den
leeren Raum nicht ausfüllen, welchen die Abwe=
senheit oder Schwäche der Sänger verursacht,
so müssen nothwendig die Zuhörer dabey ver=
schmachten: welches allerdings viel beschwerli=
cher fällt, als wenn man die Regeln der Eigen=
schaft übertrit, und die Instrumente mehr arbei=
ten läßt, als es sonst der Vortrag erfordert.

Wir können auch hinzufügen, daß in so weit=
läuffigen Ausführungen, als Opern, ohne Zwei=
fel verschiedene Arien in mancherley Stil, und
von mancherley Inhalt seyn müssen.   Die feine=
sten und schönsten Sangweisen, wenn sie zu lan=
ge fortgesetzt, oder zu oft wiederholet werden, er=
müden das Gehör.   Hier muß man wiederum
seine Zuflucht zu den Instrumenten nehmen, wel=
che, wenn sie ein wenig mehr arbeiten, als sie
sollten, denjenigen Arien einige Aufmerksamkeit
zuwege bringen, die sonst von schlechterm Gehalt
sind, und nur dazu dienen, daß sie andre erhe=
ben und anpreisen.   Derowegen dürfen wir uns
nicht wundern, wenn wir in Händels alten
Opern einige Arien antreffen, die, wegen der
völligen Beschaffenheit ihrer vielen Theilen und
Mittelstimmen, fast wie Concerte aussehen.
Wiewol in vielen andern diese Begleitungen
gleich=

gleichwol so nett abgefaſſet und so wohl ange-
bracht ſind, daß die verſchiedenen Inſtrumente
des Orcheſters den verſchiedenen Perſonen in einem ſchönen hiſtoriſchen Gemählde ähnlich ſchei-
nen, welche doch alle einerley Verbindung mit,
und Antheil an der Hauptfigur haben, auch, in
ihrer unterſchiedenen Lage, alle zuſammen dahin
zielen, daß die Beförderung und Ausrichtung
der vornehmſten Abſicht wohl von Statten gehen möge.

Aber, was ſollen wir für Entſchuldigungen
finden, wegen der groben und unangenehmen
Exempel, die ſo häuffig in ſeinen Oratorien
aufſtoſſen? Denn, weil die Melodie gleichwol ein gründliches und weſentliches Stück
der Vokalmuſik iſt, läßt ſichs anſehen, daß
keine Ausrede, wider die Hintanſetzung derſelben,
gelten könne. Der beſte Mahler würde getadelt
werden, wenn er die Aufmerkſamkeit der An-
ſchauer zu viel von dem vornehmſten Stücke ſeines Gemähldes, es ſey auch ſo ſchön es wolle,
dadurch abkehrete, daß er etwa ein oder andres
Nebenbild mit dem gröſſeſten Fleiſſe ausarbeitete;
noch mehr aber würde man es ihm verdenken,
wenn er diejenige Figur, welche ſeine höchſte
Kunſt erforderte, am unvollkommenſten ſtehen
lieſſe. Und ob auch gleich in der Tonkunſt, wie
wir geſehen haben, bisweilen Gelegenheiten aufſtoſſen, die da erheiſchen, daß man den Inſtru-
menten etwas mehr zu thun gebe, als den Sing-

J 3   ſtimmen;

stimmen; so muß dennoch der eigentliche Gesang
an seiner Melodie keinen solchen Abbruch leiden,
daß sich dessen Verstand und Ausdruck darunter
verliehre; vielweniger, daß er grob und unangenehm, oder schlecht gerathe. (Güldene
Worte!)*

Die reine Wahrheit zu sagen, so war doch
Händel nicht so gut aufgelegt zu solchen Arien,
deren Worte eben kein starkes Abzeichen bemerk-
ten, oder keine nachdrückliche Leidenschaft ent-
hielten. Er besaß diejenige Kunst nicht, in welcher die Italiener von je her sich so sonderbar hervorgethan haben, nehmlich: mit guter Art
und Anmuth zu tändeln. Seine Gedanken
waren auf grössere Dinge gerichtet, in deren Betrachtung es schwer zu sagen fällt, ob die Melodie oder Harmonie mehr bey ihnen her-
vorragte? Dieses kann so gar aus seinen Oratorien

---

* Das rühret alles daher, weil Händel kein Sänger, kein Acteur war. In 5 bis 6 Jahren, da
wir täglich miteinander umgegangen sind, habe
ich keinen einzigen singenden Klang aus seinem
Munde vernommen. Wie der Graf Granville,
damals Lord Carteret, hier war, und mich singen
und zugleich spielen hörte, sagte derselbe: Händel
spielt auch so; aber er singt nicht so. Meines
Erachtens geht Singen und Agiren sehr weit bey
einem dramatischen Komponisten: das weiß Hasse
sehr wol, der beydes, me teste, löblich getrieben
hat. Keiser sang auch überaus schön: und daher haben beyde in ihren Melodien ein grosses
voraus.

torien erwiesen werden, worinn er am meisten
und öftersten gefehlet hat.   Zwar muß man die
Beschaffenheit der Zuhörer, der Sänger und der
Sprache hieben erwegen, die ihm bisweilen sehr
nachtheilig fielen, auch alle miteinander je länger
je schlechter wurden.   Ein gewisser Freund, den
Händel gebeten hatte, seinen Judas Macchabäus zu untersuchen, gab ihm darüber eine ganz
günstige Meynung zu verstehen; worauf jener
antwortete: Ich bin versichert, Sie haben nur
die besten Stücke ausgesucht; aber diejenigen
aus der Acht gelassen, die mir alles Geld ein-
bringen.   Er meynte die schlechtesten Arien im
ganzen Oratorio.   Hergegen sind in seinen alten
Opern unzehliche Proben seiner Geschicklichkeit
zur Vokalmusik vorhanden, und zwar solche, die
schwerlich besser, aus den Werken derjenigen
grössesten Meister, erwiesen werden können, welche sich sonderlich in melodiösen Sätzen hervorgethan haben.   Ich will dem Leser nur einige wenige Arien, in verschiedener Schreibart, anzeigen.   Z. E.

Un disprezzato affetto, und	in Ottone.
Affanni del pensier,	
Ombra cara, - -	in Radamisto.
Men fedele, und	in Alessandro.
Il mio cor,	

Ein gewisser grosser Tonkünstler, der sich mit Händel nicht gar zu wohl stund, pflag oftmals, in sehr starken Worten, seine Gedanken über dessen Geschicklichkeit zu eröffnen. Einsten sagte derselbe von obiger Arie, Affanni del pensier, folgendes: Der grosse Bär ist gewiß begeistert gewesen, wie er dieses Lied gesetzt hat. Er hätte völlig eben so viel von dem andern sprechen können, das hier mit jenem zusammen verknüpfet ist. *

Der Leser wird hieben gleichfalls bemerken, daß ob zwar in zwo der obigen Arien sehr viel für die Instrumente zu thun, und auch in allen ihren Theilen die ganze Ausführung sehr schön angeordnet ist; dennoch nichts darinn zu finden sey, dadurch der Gesang oder die eigentliche singende Melodie eine Verdunkelung leide. ** Zu gleicher Zeit, da die begleitenden Instrumente dem Gehör mit ihren Veränderungen ein Vergnügen geben, leisten sie auch der Singstimme ihren Beystand, in Ausdrückung der besondern Handlung, Leidenschaft und Empfindung, die da vorgestellet wird. ***

Wenn alles erwogen werden soll, bleibt doch die Vokalmusik der Instrumentalmusik nicht mehr (nicht so viel) schuldig, als diese jener. Eine Menge Beyspiele, aus den Werken berühmter

---

* Wäre denn dadurch etwa der grosse Bär kleiner geworden? M.

** Das heißt nur: vitare culpam.

*** Laudem mereri.

ter Meister, könnten dieses bekräftigen. Aber
Tartini mag fast zu einem stetswährenden Muster dienen. Alle seine Instrumentalmelodien
sind, in ihrem Character und Stil, so gänzlich
Vokal, daß man diejenigen Gänge, welche den
Bezirk oder die Gränzen und Kräfte der menschlichen Stimme nicht überschreiten, fast alle ansehen mag, als ob sie zum Singen erfunden wären. Seine allerschwersten Sätze weisen eben
dergleichen Abzeichen auf, welches insonderheit
erhellete, wenn er sie selbst spielte; und alle Italiener waren hievon dermaaßen überzeuget, daß
sie, bey Erwehnung seiner Art zu spielen, oftmals sagten: non suona, canta su'l Violino,
er spiele nicht, sondern sänge auf der Violin. *
Die Ursache aber, warum die Komposition dieses grossen Meisters (Tartini) von sehr wenig
Leuten in England bewundert wird, ist: daß die
Vollzieher derselben ihre rechte Eigenschaft nicht
kennen, sie auch folglich nicht so herausbringen,
wie es der Verfasser gern hätte. Je delicater
und nachdrücklicher eine Musik ist, je abge-
schmackter und unangenehmer muß sie fallen,
wenn sie gröblich und ohne Empfindung behan-
delt wird. Eben so, wie die feinesten Scherzreden eines Lustspiels, und die rührendeste Züge
der Leidenschaften im Trauerspiel ungleich mehr
an ihrer Würde verliehren, wenn sie so unartig

J 5   herge-

---

* Das ist der beste Geschmack, Benda hat ihn
auch. M.

hergelesen werden, als eine gemeine Anzeige im
Zeitungsblat.

Und an diesem Orte mag man wol bemerken,
daß die bequemsten Stellen zu musikalischen Nach-
ahmungen sich in den Synphonien und Begleitungen finden lassen.   Es giebt zwar einige wenige Sprachklänge, die von der Natur selbst zur
Ausdrückung gewisser Gemüthsbewegungen gebraucht werden, und von der Singstimme auch
nachgeahmet werden können; allein es ist etwas
gewöhnliches bey den Meistern, die Eigenschaft
und den Inbegriff dieses nachahmenden Vermögens in der Tonkunst nicht nur aus den Augen
zu setzen, sondern auch in dem Unterwurf zu irren, zu welchen es sich schicket. *   Eine gar zu
genaue Beobachtung etlicher besondern Wörter
im Text, hat die Komponisten oft von der eigentlichen vornehmsten Meynung desselben ganz ab-
geführet.   Händel selbst, weil er mit der enge-
ländischen Sprache nicht vollkommen bekannt
war, ist bisweilen in dergleichen Irrthümer verfallen.   Ein Komponist muß aber niemals seine
Absicht auf einzelne Wörter richten; es sey denn,
daß sie von besondrem Nachdruck sind; und entweder eine Gemüthsbewegung enthalten, oder
auf wichtige Gedanken zielen.   Um Händeln
Gerech-

---

* S. Harris drey Tractate, worinn dieser Punkt
mit grosser Urtheilskraft und Richtigkeit abge-
handelt ist.   Eine Allegation die dem Verfasser
gehört.

Gerechtigkeit wiederfahren zu lassen, muß man gestehen, daß er durchgehends groß und meister⸗ lich handelt, wo die Sprache und Dichterey sich zu seinem Vorsatz schicken. Die engländische Sprache hat einen Überfluß an einsylbigen Wör⸗ tern und Mitlautern. Ob nun zwar dieselben nicht allemal vermieden werden können; sollten doch die Verfasser musikalischer Gedichte solche Ausdrücke wehlen, die den Ohren am wenigsten rauh und unangenehm fallen. Mit den poeti⸗ schen Gedanken muß es eben so gehalten wer⸗ den, als mit der Sprache. Je ungekünstelter und natürlicher sie beyde sind, desto leichter kön⸗ nen sie durch die Tonkunst ausgedruckt werden. Wir haben, sagt Addison, eine Zeit erlebet, da nichts bequemer in die Musik zu bringen war, als was Abgeschmacktes. Diese Sa⸗ tyre ist so richtig, als schön. Allein, ob gleich der Verstand in solchen Dingen bisweilen zu grob verfährt; mag dennoch die Poeterey dabey auch gar wol zu fein ausfallen. Sind z. E. edle Vorbilder oder Gleichnisse und hoch erhabne Be⸗ schreibungen darinn, wenig aber von Gemüths⸗ neigungen, artigen Gedanken oder Leidenschaf⸗ ten; so wird auch der beste Komponist keine Ge⸗ legenheit finden, sein Pfund wohl anzuwenden. Wenn im Text nichts aufstößt, das eines nach⸗ denklichen Ausdrucks fähig ist, so kann er weiter nichts thun, als seine Zuhörer mit blossen Zier⸗ rathen eigner Erfindung zu unterhalten. Aber

auch

auch der Schmuck und die Anmuth müssen selbst
aus dem Inhalt der Sache entspringen, zu wel=
cher sie gebraucht werden: eben so wol, als das
Blumen= und Laubwerk von der Beschaffenheit
des Gebäudes, daran sie stehen sollen. Die ge=
ringern Theile bekommen ihre Verhältnisse von
dem Grossen und Ganzen.

Damit wir aber mit unsrer Untersuchung wie=
derum zu Händels Werken kehren, ist es einmal
was Ausgemachtes, daß er in seinen Chören oh=
ne Nebenbuler bleibt. Die leichte, natürlich
fliessende Melodie, welche sich in denselben durch
und durch hervorthut, ist schier ein eben solches
seltenes Wunder, als die grosse Fülle und man=
nigfältige Abwechselung, unter und in welchen
sich doch kein einziges Theilgen befindet, das
nicht figuriret; ja, keine einzige überflüßige oder
müßige Note.

Seine Kirchenstücke sind durchgehends lauter
Chöre, und so vortreflich in ihrer Art, daß es
schwer fallen wird, sich einen Begriff menschli=
chen Bestrebens zu machen, der darüber gehe.
Die Anthems, welche er für den Herzog von
Chandois setzte, um in dessen Kapelle gesungen
zu werden, sind am wenigsten bekannt; aber
weit davon entfernet, daß sie die wenigste Schön=
heit besitzen sollten. Wahr ist es, daß in der an
Lord Burlington gerichteten bewundernswürdi=
gen

gen Epistel sich ein Paar Zeilen * befinden, die
darauf zielen, den falschen Geschmack einer sol:
chen Musik bloß zu stellen, welche sich weder zu
dem Vorhaben, noch zu der Gelegenheit des Or:
tes schickt; und daß es scheinet, als wären die:
selben Zeilen auf Händel gemünzet gewesen, wie
er beschäfftiget war, besagte Kapelle zu bedienen,
deren Besitzer an mehr, als einem Orte, in den
vorhergehenden Stellen des Gedichts, wegen sei:
nes irrigen Begriffs von Pracht und Herrlich:
keit, deutlich genug bestichelt wird, und wohl
getroffen ist. Allein, es sind verschiedene Ursa:
chen vorhanden, die es ganz unerweislich ma:
chen, daß eben Händels Musik durch dieselben
Verse mitgenommen oder angetastet worden seyn
sollte. Denn, ob gleich Pope selbst von derglei:
chen Dingen nicht urtheilen kunnte, hatte er
doch viele Freunde, die sich sehr wohl darauf ver:
stunden; ja, in der That niemand besser, als
eben gedachter Lord Burlington, an den die
Epistel gerichtet ist. Es mögen auch übrigens
seine Gedanken von Händels Fähigkeiten aus
jenen Versen abgenommen werden, die oben
schon, in der Lebensbeschreibung selbst, aus dem
vierten Buche der Dunciade, beygebracht wor:
den

* Diese sinds:
  Light quirks of Music, broken and uneven,
  Make the soul dance upon a jig to heaven. (*Pope.*)
    Was gilts?
  Wo viel unebene, gebrochne Schnörkel klingen,
  Da wird ein Giquentanz die Seel in Himmel bringen. M.

den sind.* Dennoch ist es nicht unerweislich, daß
oberwehnte Kapelle nicht etwa auch Exempel her-
gegeben habe, von solcher lächerlich gemachten
Unanständigkeit: und zwar nach der Zeit, da Händel nichts mehr mit ihr zu thun hatte. Dem sey
nun wie ihm wolle,** so lag es doch dem Poeten
ob, die verschiedenen Arten eines verderbten Geschmacks durchzuziehen, worinn es seine erwehlte
Cannonsbühne allen andern zuvorthat.

Der Leser wird diese Einschaltung desto eher
entschuldigen, je nothwendiger sie scheinet, allen
Misverstand zu heben, der sowol eines Theils
dem Pope, als andern Theils dem Händel
schimpflich fallen mögte; ob hätte dieser keine
Ehre davon, jener aber übel geurtheilet.

Weil seine Oratorien alle, oder mehrentheils,
auf biblische Stellen gerichtet sind, so führen die
Chöre derselben auch gänzlich den Kirchenstil:
und man kann gar wol ohne Übermaaße sagen,
daß die erhabnen Züge, die darinn herrschen,
mehr einer Erleuchtung, als blossen natürlichen
Gaben, ähnlich sehen. Aus einer Menge Exempel, die angeführet werden könnten, will ich nur
den Leser an die wenige folgende im Oratorio,
Meßiah, erinnern:

> Denn uns ist ein Kind geboren &c.
> Macht die Thore weit &c. Halleluja,
> denn der allmächtige Gott hat das
> Reich eingenommen &c.

Nach

* p. 101.
** Longin würde so nicht reden.

Nach diesen starken Bestrebungen des Geistes, treffen wir ihn noch höher an in den 3 Schlußchören, * deren jeder den vorigen übertrifft, bis im Aufwickeln des Amens ** das Ohr dermaaßsen mit einer harmonischen Glut erfüllet wird, daß die Seele dadurch in eine Art himmlischer Entzückung geräth.

Es waren zwar wenige Personen, die gnugsamen Verstand von der Musik hatten, und sowol die besondern Eigenschaften, als auch die allgemeine Vereinigung und Beystimmung der mannigfältigen Theile in diesen zusammenschlagenden Sätzen zu bemerken sattsame Fähigkeit besaßen; dennoch ist es merkwürdig, daß einige von den Zuhörern, auf welche sonst die schönsten Modulirungen wenig oder nichts ausrichten, durch Händels Chöre höchstens gerühret wurden. Das entstund vermuthlich aus den erhabenen Begriffen, die darinn Überhand nahmen, welche, da sie bloß von der Natur gefühlt oder empfunden werden, viel stärker wirken, als das Bewußtseyn der Kunst selber thun kann.

Freylich ist es an dem, daß in obgedachten erstaunlichen Vorträgen, so wie in den meisten händelschen Sachen, sich auch grosse Ungleichheiten antreffen lassen; wer sie aber durch und
durch

* Die mit den Worten anheben: Das Lamm, das erwürget ist, ist würdig zu nehmen rc.
** Ach! liebes Amen, dir sey Amen gesagt 124mal. M.

durch untersucht, muß den Verfasser kurzum für
ein Wunder erkennen. Ich bediene mich dieses
Ausdrucks, weil sonst keine Worte fähig sind,
seinen Character anzuzeigen: man müste denn
wiederholen, was Longinus gesagt hat, da er
den Demosthenes beschrieb; ein Ausspruch,
welcher sich so füglich auf Händeln anwenden
läßt, daß man fast glauben sollte, er wäre für
ihn gemacht. *

Seine Wissenschaft in einem andern Stücke
der Vokalmusik, nehmlich im Recitativ, könnte
leicht aus seinen alten Opern, oder auch aus er-
wehntem Oratorio selbst dargethan werden; zur
Probe aber mag folgendes hinreichen: Tröstet,
tröstet mein Volk, spricht euer Gott 2c. und
Alma del gran Pompeo, aus dem Julio Caesare,
welchen Exempeln noch die grosse Scene aus
dem Tamerlan beygefüget werden kann, die
Bajazets Tod enthält.

Ohne mich zu unterstehen, die Ursachen zu erklären, aus welchen die gewaltigen Ausdrücke
und das bezwingende Pathos in diesen und vielen
andern

---

* S. den Beschluß des 33sten Abschnitts beym Longin; Sein Nachahmer verläugnet sich nicht: wie
er beginnt, so schließt er auch. Ob Costar aber
Recht hat, wenn er spricht: Longin est un chica-
neur & un faux subtil, kann ich nicht wissen.
Apol. 88. 89. Hier wird der griechische Spruch
gemeynet, der auf dem Titelblat stehet. Wer
sollte ihn aber hier suchen? und zwar ohne Verdol-
metschung; weder an einem, noch am andern Orte.

andern Stellen seiner Recitative entsprungen
sind, will ich nur die Wirkungen dieses Stils in
so weit berühren, daß dessen rechter Gebrauch
und gröffeste Würde in der Erhebung des natürlichen Eindrucks der Religion und Menschenliebe bestehe.

Die Duetten und Terzetten sind zu verschiedenen Zeiten hervor getreten. Diejenigen, welche
er ausserhalb Englands gemacht hat, sind nimmer gedruckt worden, in sehr wenigen Händen,
und fast unbekannt. Weil sie aber auf eine von
seinen letzten Werken dieses Stils etwas verschiedene Art abgefaßt, und gewissermaaßen vorzuziehen sind, verdienen sie eine besondre Anmerkung. Sie wurden von ihm in der besten Blüte
seiner Jahre, nicht für die Schaubühne, sondern für die Kammer verfertiget. Es durfte
den unwissenden und unerfahrnen Ohren gemeiner Zuhörer nichts darinn nachgegeben werden;
Erfindung und Harmonie richteten sich nicht
nach dem armseligen Beyfall eines encore!
Der Verfasser hatte nur den Vorsatz, sich selber
und denjenigen zu gefallen, die er unterrichtete:
daraus mag ein jeder leicht urtheilen, ob die
Komposition, solcher Umstände halber, nicht ungleich besser gerathen sey, als andre? Wir finden wirklich, wie zu vermuthen stehet, daß sothane trefliche Ausarbeitungen von solchen Eil-
fertig- und Nachläßigkeiten befreyet sind, die
man in den langen Werken antrifft, welche er

K   seit-

seitdem gemacht hat, und auf alle Weise zu entschuldigen stehen. Wenn wir uns über dergleichen Mängel beschweren, die dem Geschmack
und der Anmuth zuwiderlauffen, sollten wir uns
billig besinnen, wie wenig sie beyde vor denjenigen Richtstuhl gehören, die ihre Verdienste entscheiden sollte. (de vulgo loquitur) Damit
wir aber zu unsern Duetten zurückkehren, so fällt
es eben so schwer, ihre Eigenschaften auszumachen, als aller anderer händelschen Werke.
Denn ob man gleich sagen kann, daß sie die meisten Setzarten in sich begreiffen; so hat doch
überhaupt die männliche und starkdurchdrin-
gende darinn den Vorzug. Doch ist auch in einigen Stücken gewisse anmuthige und liebliche
Modulation anzutreffen, die derjenigen nichts
nachgiebt, die wir von dem beliebten Steffani aufzuweisen haben; ob gleich in andern
ein Geist und eine Majestät hervorragen, die
dem letztgenannten unbekannt gewesen zu seyn
scheinen.

Es könnte nicht geleugnet werden, daß die
männlichen Schwünge des händelschen Triebes
seine Feder oft zu einer solchen Melodie verlei-
teten, die sich zur Stimme übel schickte; daß er
geneigt war, denjenigen Stil aus den Augen zu
setzen, den die vorhabende Materie erforderte,
und in solche Gänge auswich, die bloß allein für
Instrumente gehören. Allein er wuste die Sache doch so wunderbar anzustellen, und die Mo-
dula:

dulation in einigen Sätzen dieser Art, wo der⸗
gleichen Abweichungen am kenntlichsten waren,
so schön einzurichten, daß der beste Kunstrichter,
der es kritisch untersucht, kaum das Herz haben
wird, sein Amt zu verrichten; und da die Re⸗
geln ihn antreiben, die Fehler anzuzeigen, wirds
ihm fast leid seyn, solche zu verbessern. Damit
man aber nicht meyne, daß alles dieses nur so
obenhin geredet sey, wollen wir einige besondre
Beyspiele anführen. (Wer kennt sie?)

Das Duett, welches sich so anfängt: A mi-
rarui io son contento, leget ein schönes Muster
des wahren Vokalstils dar, welches mit Stef⸗
fani seinem sehr übereinkommt.

Ein anders, nehmlich: Conservate, ist von
eben derselben feinen Art. Ein drittes: Sono
liete, gehört auch dahin; aber das letzte Mou⸗
vement desselben ist instrumental. Hierüber ha⸗
ben wir gleichsam des Verfassers eignes Geständ⸗
niß: denn er hat es hernach, mit einiger Ver⸗
änderung, in die Ouvertüre des Judas Mac⸗
chabäus eingeführet.

Als Exempel von geistreicher und schöner Art,
die den geruhigen und sanften Steffani nicht be⸗
kannt war, will ich nur unter vielen andern die⸗
se beyde berühren: Che vai pensando und Ta-
cete. (Wo sind sie?)

Unter den Trio ist Quando non hò più core,
ein Modell des Instrumentalstils, und zwar in

solcher Übermaaſſe, daß es äuſſerſt ſchwer her-
auszubringen ſtehet.

An einigen Stellen dieſer Stücke, abſonder-
lich in den Terzetten, ſind vorzüglich diejenigen
Begriffe kenntbar, die nach dem Chorſtil eingerichtet, und in die enge Schranken zwoer oder
dreyer Stimmen eingeſchloſſen ſind, da ſie ſich
gleichſam beſtreben, denjenigen Raum zu erfüllen, der ihnen hernach eröffnet worden, um ſich
in das weite und faſt unumſchränkte Feld des
Chors zu wagen. Zum Beweiſe, daß dieſe Anmerkung nicht etwa in bloſſer Einbildung beſtehe,
darf man ſich nur erinnern, daß einer von den
feinſten Chören in dem Allegro,* und der ſehr
kunſtreiche, mit welchem Alexanders Feſt ſich
ſchlieſſet, eben aus zweyen dieſer Trio hergenom-
men ſind.

Ob nun gleich die Duetten und Trio in ſeinen
Opern und Oratorien überhaupt nicht ſo reines
und gelehrten Weſens ſind, als diejenigen, das
von wir ſo eben geſprochen haben; wird ſich doch
der muſikaliſche Leſer leicht einer oder andrer
erinnern, die eine ausnehmende Schönheit beſi-
tzen. Von ſolcher Art ſind die berühmten Trio
in Acis und Galatea; — das Duett: O Tod,
wo iſt dein Stachel! im Meßia; — From
this dread ſcene, in Judas Macchabäus; —
und Io t'abbracio, in Rodelinda.

Die

Die einzige Serenata, welche eigentlich so ge=
nannt wird, und von ihm in England gemacht
ist, heisset Acis und Galatea. Diese ist die
allergleichförmigste und vollkommenste von allen
seinen Kompositionen; und aus ihrer Einrich=
tung können wir abnehmen, was die andern,
welche nicht vorhanden sind, für Verdienste be=
sitzen. Die zu Rom verfertigte Serenata, Tar=
quin und Lukretia, und ihre Vortreflichkeiten,
sind daselbst bekannter, als in England.

Wir sind nun auch durch alle seine Ausferti=
gungen in der Vokalmusik hindurch, und aus
dieser beyläufigen Untersuchung wird schon erhel=
len, daß an solchen Stellen, wo er im Ganzen
am wenigsten vortreflich ist, er dennoch solche
wiederholte, starke und besondre Proben seiner
Geschicklichkeit abgeleget hat, die ihn mit den
grössesten Meistern auf einerley Stuffen setzen,
deren völlige Stärke etwa nur auf dieser Gat=
tung beruhet.

In seiner Instrumentalmusik finden sich eben
dieselben Merkmale eines grossen Genie; doch
auch zugleich einige Exempel gleich grosser
Nachläßigkeit. Er sahe oftmals mehr auf die
Wirkung des Ganzen, als auf das künstliche Ge=
werbe der Theile; in welchen doch Geminiani
mit allem Rechte bewundert wird.

In seinen Fugen und Ouvertüren ist er aller=
dings ein Original. Ihr Stil gehört ihm allein
zu, und ist keinesweges mit irgend einem (in Al=

bion

bion bekannten) Meister, vor seiner Zeit, zu ver=
gleichen. Bey Bildung derselben scheinet es, als
ob Wissenschaft * und Erfindung miteinander
um den Preis gestritten hätten.

Ob gleich niemand vor ihm jemals eine solche
Anzahl Instrumente im Orchester aufgestellet hat,
als er, ist doch kein einziger Mitspieler müßig
befunden worden, oder der nichts zu bedeuten
hätte. Hergegen machte ein jeder von ihnen ei=
ne solche anständige Figur, die nicht nur zur
Ausführung geschickt und nützlich; sondern auch
noth=

* Es hat sich neulich ein ungenannter Weltweiser
hervorgethan, der auf schweitzerisch=deutsch die
schönen Künste nicht für Wissenschaften erkennen
will, weil ihre Sisteme nur sinnlich sind. Der
alte Satz aber stehet bennoch immer fest: Nihil
esse in intellectu, quod non prius fuerit in sensu.
Vielleicht ist unser Lebensbeschreiber von jener
Secte: denn er braucht das Wort science kaum
einmal, wenn er, wie hier, von der Tonwissen=
schaft redet; hergegen allemal nur knowledge or
skill. Vielleicht hat er auch kein Arges daraus.
So viel ist wol gewiß, es fehlt den Musikern an der
Literatur, und wer nichts, als Noten zu schreiben
weiß, dessen Ruhm und Gerücht ist nur vox, prac-
teraque nihil! Den zweyten März dieses Jahrs ist
hier in Hamburg eine erstaunliche Menge Bücher
verkauft, Raritäten über Raritäten in allen Wis=
senschaften; nur von der Tonkunst findet sich kein
Wort, da doch der Katalogus fast anderthalb
klein gedruckten Alphabets austrägt. Das heißt
eine Wissenschaft hintansetzen. Wer mir das Ge=
gentheil zeigt, wird mich eines angenehmen Irr=
thums überführen.

nothwendig und wesentlich war.   Sogar diese-
nigen vom untersten Range und dem wenigsten
Werthe (wenn man sie an sich selbst, und in
dem kunstmäßigen Stande, nach der klugen Anordnung ihrer Einführung und Anwendung, betrachtete) stiegen zu einer gewissen Würde und
Vielgültigkeit auf, dazu sie sonst von Natur un-
fähig schienen.

Von seinen Gaben, für ein einzelnes Instrument zu setzen, brauchen wir keine bessere Beweise, als seine Handsachen aufs Klavir.   Die al-
lererste Ausfertigung derselben, die auf seine ei-
gene Veranstaltung erschien, wird jederzeit in
höchsten Ehren gehalten; unangesehen der wesentlichen Verbesserung des Stils in solchen Aufga-
ben, deren sich seitdem einige Meister beflissen
haben.   Händels seine lectiones leiden zwar einen Nachtheil, der aber von ihrer Vortreflichkeit selbst herrühret.   Die erstaunliche Fülle und
Beschäfftigung der Mittelparteyen vergrössert die
Schwierigkeit sie zu spielen dermaassen; daß wenig Leute fähig sind, ihnen ihr Recht zu thun.
Es läßt sich darinn mehr Arbeit spüren, als wir
irgend von einem einzelnen Instrument erwarten
können.

Schließlich trifft man in diesen und andern
Theilen seiner Werke eine solche Vollstimmigkeit,
Stärke und Kraft an, daß Händels Harmonie
sich jederzeit mit dem alten Bilde des Herkules
vergleichen lassen mag, an welchem lauter Mus-

keln

keln und Sehnen zu sehen sind; dahingegen auch
oft seine Melodie der Venus im Hause Medicis ähnlich ist, die lauter Anmuth und Niedlichkeit aufweiset. (Nullum simile currit quatuor pedibus.)

Was demnach endlich von diesem unsern Versuche zu halten seyn mögte, mittelst dessen wir
seinem Andenken Gerechtigkeit wiederfahren lassen, so ist doch viel Ursache zu glauben vorhanden, daß die Angelegenheiten der Religion und
Leutseligkeit nicht so stark verwahret oder so
fest versichert sind, dergleichen Zuschub zu erspa-
ren, und der Beyhülfe müßig zu gehen, mit
welchen ihnen die schönen Künste dienen können. Sie reinigen und erheben die Begriffe unsers Vergnügens; welches, im rechten Verstande und vernünftigen Gebrauch, der Endzweck
unsers Daseyns ist. Sie vermehren und befe-
stigen die Begriffe unsers Geschmacks; welcher,
wenn er auf dauerhaften und beständigen Gründen beruhet, die Ursachen erörtert, und die
Wirkungen alles dessen erhöhet, was jemals
herrlich oder vortreflich in der Schöpfung, oder
in den Werken menschlicher Wissenschaft, gefunden werden mag. Sie schmücken und verschö-
nern das Ansehen der Natur; schärfen und
verstärken die menschlichen Gaben; erwecken
Höflichkeit und Geflissenheit im Umgange;
kurz, sie versüssen und besänftigen die Sorgen
des Lebens, und machen den schwersten Kum-
mer viel leiblicher, indem sie sich der Zahl un-
schuldi-

schuldiger Ergetzlichkeiten beygesellen. (Alles dieses ist sehr gut gesagt.)

Die Hoffnung, der Tonkunst einige Dienste zu erweisen, und gute Anleitung zur fernern Untersuchung dieser schweren Wissenschaft * zu geben, haben mich bewogen, dem vorhergehenden Verzeichnisse händelischer Werke solche Anmerkungen darüber beyzufügen, die sich gleichsam, in deren Fortsetzung, von selbsten darboten. Denn, falls diese Anmerkungen richtig sind, werden diejenigen, welche Verstand dazu besitzen, angereitzet werden, selbige zu verbessern und zu vermehren; sind sie aber irrig, so haben sie die Freyheit solche zu widerlegen.

Es giebt wenig Leute, die Händels Werke alle miteinander durchgesehen haben, und recht mit ihnen bekannt sind: nur allein diese Personen können von seiner Geschicklichkeit ein gründliches Urtheil fällen. Inzwischen kann uns ein einziger Blick in ihr Verzeichniß auf die Sprünge bringen, daß wir die erstaunliche Weite seines Genie einigermaassen errathen können: denn er ist nicht nur den ganzen Umkreis dieser Kunst durchgewandert; sondern hat in allen und jeden besondern Theilen derselben unwidersprechliche Proben seiner Vortreflichkeit abgeleget.

Allenfalls mag eine solche Vorstellnng der verschiedenen und wichtigen Zunam, welche die Tonkunst aus der unaufhörlichen Bemühung

K 5   und

* Hier stehet science.

und den wundervollen Gaben eines einzigen
Mannes erhalten hat, dazu dienen, daß nach-
denkende Leser und Kenner ihre Aufmerksamkeit
dahin richten, wie viel neue Quellen der Schönheit und Hoheit annoch in den Gegenden der
Harmonie verborgen liegen: Sie könnte auch
wol dazu dienen, daß sich künftige Tonkünstler
sorgfältig in seinen Kompositionen, von jeder Sor-
te, umsähen, und dem Einreissen des verdorbenen Geschmacks zu widerstehen trachteten, welches zu jeden Zeiten der Kunst den Untergang
gedräuet hat; und vieleicht zu keiner mehr, als
zur gegenwärtigen Zeit.

Unsre neumodische Musik enthält, seit einigen
Jahren, kaum den Schein einer Wissenschaft oder
Erfindung, ja, mit genauer Noth noch einige
Fußstapfen des Geschmacks oder Verstandes.
Schlechte und gassenmäßige Lieder sinds, die eine dünne und schattichte Harmonie empor hebt;
eine fast immer gleichförmige Leyer und einerley
Sangweise; nebst unendlicher Wiederholung ver-
legener Gänge und abgedroschener Sprünge,
die ganz verschlissen sind; das kahle, erbettelte
Hülfsmittel der sogenannten Pasticci oder Pa-
stetenflickerey, das so oft und viel herhalten
muß; — ein solcher Verfall der Tonkunst (derjenigen Undinge zu geschweigen, welche die Kunstrichter von selbsten entdecken können) würde
doch hoffentlich für die händelschen Werke einige
Hochachtung erwecken.

Dieses

Diejenige Hoffnung aber ist sehr geringe, daß jemals einer entspringe, der solchem Künstler gleich komme, vielweniger es ihm in allen zuvor: thue, und der es auch, durch eignen Fleiß, so weit bringe; doch dennoch, da so viele Wege zur Vortreflichkeit bishero offen stehen, und so viele Stuffen zur Ehre annoch unbetreten sind, sollte man vermuthen, daß dieses Exempel eines be: rühmten Fremdlings unsern Landsleuten viel: mehr zu einem Antriebe, als zu einer Abschre: ckung dienen werde, ihren Geist und Fleiß auch sehen zu lassen.

Anzeige, zur Nachricht ad pag. 21.

Wer Händels Leben recht beschreiben wollte, könn: te es ohne folgende Bücher, worinn sehr viele Dinge, sowol was seine Kunst, als Person, anlangt, auch einige Briefe von ihm vorhanden sind, schwerlich gut ausrichten. Conf. p. 21. ein Geständniß, das von niemand herrühren kann, als von Händel selbst. Z. E. In der Critica musica, 4to, 1722. T. I. sind folgende Stellen dazu dienlich: pag. 14. 15. 45. 71. 72. 247. 288. 326. T. II. pag. 29. 116. 210. 211.* 212. Im musikalischen Patrioten, 4to, 1728. pag. 50. 65. 186. 187. 218. In der Ehrenpforte, 4to, 1740. pag.

* Extr. d'une Lettre de Handel âgé 36. Londr. 24 Fev. 1719. " Désque je serai un peu debarassé, je repasserai " les époques principales que j'ai euës dans le cours de " ma profession, pour vous faire voir l'estime & la con- " sideration particulière, avec la quelle j'ai l'honneur " d'être &c. „ Zusagen und Halten sind Zweyerley.

pag. XXIII. **deren Vorrede;** 74. 93. 94,* — 101. 191.
192. 206. 207. 369. **des Werks.**

* Hamb. den 18 März, 1704. *Aetat.* 21. "Ich wünsche
" vielmal in Dero höchstangenehmen Conversation zu seyn,
" welcher Verlust bald wird ersetzet werden, indem die Zeit
" herankömmt, da man, ohne deren Gegenwart (ich war
" in Holland) nichts bey den Opern wird vornehmen kön=
" nen. Bitte also gehorsamst, mir Dero Abreise zu noti=
" ficiren, damit ich Gelegenheit haben möge, meine Schul=
" digkeit, durch Deroselben Einholung, mit Mademoiselle
" Sbülens zu erweisen ꝛc. „ Auch die geringsten Briefe
malen schon einigermaassen ihre Schreiber ab; nach Zeit
und Ort. Horaz sagt gar recht:

Coelum non animum mutant,

qui trans mare currunt.

Register.

---

* Die Seiten anzuzeigen, habe ich der Unordnung des Erzehlers
nothwendig folgen müssen.